청춘
RE PROCESS

청춘
RE PROCESS

초판 1쇄 인쇄일 2016년 05월 03일
초판 1쇄 발행일 2016년 05월 10일

지은이 황성원
펴낸이 양옥매
디자인 이윤경
교　정 조준경

펴낸곳 도서출판 책과나무
출판등록 제2012-000376
주소 서울특별시 마포구 방울내로 79 이노빌딩 302호
대표전화 02.372.1537　**팩스** 02.372.1538
이메일 booknamu2007@naver.com
홈페이지 www.booknamu.com
ISBN 979-11-5776-187-6(03810)

이 도서의 국립중앙도서관 출판시도서목록(CIP)은 서지정보유통지원 시스템
홈페이지(http://seoji.nl.go.kr)와 국가자료공동목록시스템
(http://www.nl.go.kr/kolisnet)에서 이용하실 수 있습니다.
(CIP제어번호 : CIP2016011072)

청춘

RE PROCESS

황성원 지음

책나무과무

"당신은 행복합니까?" 혹은 "본인 삶에 만족합니까?"라고 물었을 때 정확하게 질문에 대한 답을 하는 사람이 과연 얼마나 될까요? 이 책을 읽고 있는 여러분들은 이 질문에 대해 10초 안에 대답할 수 있으십니까?

저는 이 질문에 대해 여러 해 고민한 결과, 나름대로의 해답을 찾았습니다. 그래서 저는 1초의 망설임도 없이 말할 수 있습니다.

"행복합니다."

왜냐고요? 현재 살아 있는 지금이 매일매일 재미있고 늘 기대되기 때문입니다. 지금 현재의 삶에 만족합니다. 내가 하고자 하는 것은 뭐든 할 수 있고, 해낼 수 있는 자신감이 있기 때문입니다.

저는 이 책을 읽는 모든 분들이 저와 같이 해답을 찾았으면 좋겠습니다. '행복'과 '만족'은 여러분 스스로 이해할 때, 비로소 삶의 자유를 만끽할 수 있을 테니 말이죠.

그러나 대부분의 사람들이 현재를 불행하다고 생각하며, 불만족스러움의 감정을 많이 느낀다고 합니다.

"나는 잘못한 게 없어. 그저 이 사회가 이상한 거야."

"우리 집은 가정형편이 좋지 못해서 내가 이렇게 고생하는 거야."

그저 어떤 이유를 붙여 자기 합리화하기에 바쁘고, 그렇게 본인의 삶을 위로합니다. 그리고 현재 자신이 가질 수 없는 것, 하지 못하는 것에 대해 불만을 품고, 도전은커녕 다시 어떤 변명을 찾아내어 자기 합리화하기에 바쁩니다.

혹시 이 글을 읽고 있는 본인도 이렇게 생각하고 있지는 않은가요? 하지만 걱정하지 않으셔도 됩니다. 본인뿐만 아니라 대부분의 사람들이 이렇게 생각하며, 그저 하루하루 무기력한 삶을 살아가고 있으니 말이죠.

행복한 삶, 만족스런 삶에 해답이 필요한가요? 물론 해답을 알려줄 겁니다. 하지만 너무 조급해 하지 않았으면 합니다. 이 책을 천천히 음미하는 동안, 자신도 모르는 사이에 이 책이 안내자이자 지침서가 되어 미로 속에서 헤매고 있는 당신을 올바른 길로 안내해 줄 테니까요.

본 글에 들어가기 전, 지금의 저에 대해 간단히 소개할까 합니다.

현재 저의 직업은 10개입니다. 10개의 직업을 시간을 나누어 모두하고 있습니다. 불가능할 것 같지만, 가능하게 되었습니다.

내가 꿈꾸고 성취하고 싶은 것은 대부분 1년 안에 성취합니다.

저는 좋은 아들이며, 좋은 남편, 좋은 아빠, 좋은 동생, 좋은 친구, 그리고 좋은 사람입니다.

저는 머리가 뛰어나지도, 운동을 잘하지도, 음악을 잘하지도 못합니다. 등수로 치면 아마 거의 뒤에 있을 겁니다.

저는 매일이, 내년이, 10년 뒤가 너무나 기대되고 설렙니다.

미래에 대한 나 자신의 확신으로 가득 차 있습니다.

저는 부에 대해 이제 고민하지 않습니다. 돈이라는 가치에 대해 이해했고, 또 어떻게 하면 얻어지는지도 알게 되었으니까요.

저는 과거에 대해 생각하지 않습니다. 현재가 너무 즐겁기 때문입니다.

위의 이야기에 대해 여러분은 '원래 잘났나 보다.' 아니면 '부모 잘 만났나?'라는 식의 부정만 늘어놓을지도 모릅니다.

여러분들의 이러한 부정이 감사로 변할 수 있도록 이 『청춘 리프로세스』가 만들어졌습니다. 여러분들은 이제 고민과 걱정, 불만에 빠질 필요가 없습니다. 저처럼 매일이 행복하며 즐거워질 수 있기 때문입니다.

이 책 속에 나오는 가상의 인물 H는 현재 20~30대 젊은 청년들의 삶을 비추어 쉽고 재미있게 읽어 나갈 수 있게 하였으며, 가상의 인물 F는 제가 여러분들의 인생 속으로 들어가 고민을 조금이나마 해결할 방법을 찾아 주고자 만들어 냈음을 밝힙니다.

본인 스스로 꿈꾸는 삶을 살아갈 수 있도록 돕는 이 책은 미로 속에 갇힌 여러분에게 지도와 나침반이 되어 줄 것입니다.

끝으로 "나는 행복한가요?", "본인의 삶에 만족합니까?"라는 질문

에 이 책의 마지막 페이지를 모두 넘긴 후, 여러분 스스로 이 질문에
정확하게 대답할 수 있기를 기원합니다.

2016년 4월

황 성 원

▶ 차례 ◀

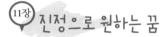

1장

혼자만의 여유와 외로움
이해하기

나만 그런 게 아니다!
외로워 마라

요즘 우리는 혼자 있는 시간이 많아졌다. 혼자 밥을 먹거나 혼자 영화를 보거나 혼자 쇼핑을 하는 등 점차 혼자만의 시간이 늘어남에 따라, 혼자 있는 시간을 충분히 즐길 줄 아는 사람이 되는 것이 필요해졌다.

보통 혼자만의 시간이 너무 괴롭고 힘든 시간이 될 수 있다. 다른 사람들은 항상 누군가와 같이 있는 것 같은데 나만 혼자 있는 것 같은 느낌에 외로울 수도 있고, 내가 인간관계가 좋지 못한 탓에 홀로 버려진 것 같은 생각이 들 수도 있다. 이런 생각을 하고 있으면 외로움을 넘어 무섭기까지 하다.

하지만 너무 걱정하지 말자. 본인만 그런 게 아니라, 대부분의 요즘 사람들은 '혼자'이다. 대신 혼자만의 시간을 진정으로 즐길 줄 아는 사람이 되어야 한다. 혼자만의 시간을 즐길 줄 아는 20대의 청년이 있다고 가정해 볼 때, 이 청년의 하루는 이렇다.

아침에 일어나 오늘 해야 할 일들을 간단히 정리한 후, 하루 일과를 시작한다. 시간이 남으면 인근에 있는 친구들과 만나 식사를 하며, 취직에 관련된 정보를 서로 공유한다. 잠시 쉬는 시간이 생기면 어느 누구에게도 방해받지 않는 자기만의 시간을 가진다. 혼자 있는 시간의 평온함을 즐길 수 있는 것이다.

그 휴식은 향긋한 커피 한 잔이 될 수도 있고, 책장 사이에 네잎클로버가 꽂혀 있는 책이 될 수도 있으며, 마음을 따뜻하게 해 주는 음악이 될 수도 있다. 혼자만의 방해받지 않는 휴식 시간을 즐기는 것이 혼자만의 시간을 즐기는 사람이다. 여기서 중요한 것은 혼자 있게 된다는 것을 두려워하지 말라는 것이다. 조금 더 여유롭게 마음을 다스릴 줄 알아야 한다.

아마, 이렇게 말하는 사람들이 있을 것이다. "취업에 성공하고 나면 혼자만의 시간을 즐길 수 있게 될 것"이라고 말이다. 하지만 나는 그러한 답변에 정확히 이렇게 대답해 줄 수 있다. "아니다."

얼마 전 〈미생〉이라는 드라마가 방영했었다. 우리나라에 또 하나의 트렌드를 만들 정도로 영향력이 어마어마했다. 이 드라마가 인기 있던 이유 중 하나가 바로 현실적인 회사원들의 고충이 직접적으로 잘 묘사되어 많은 20~30대 직장인들의 공감을 형성했기 때문이다. 대체 회사 생활이 얼마나 힘들고 지치면 그 많은 사람들이 공감하고 감동받은 걸까?

이렇듯 취업을 준비하는 학생도 힘들지만, 취업 후의 직장인들도 여유 없고 힘들기는 마찬가지라는 말이다. 그래서 사람에 따라 '혼자'

만의 시간을 즐기거나 슬퍼하거나의 차이가 있을 수 있다는 것이다.

자신은 항상 외롭고 슬프다고 느끼는 사람이 있다. 그러나 괜찮다. 왜냐하면 이런 사람이 우리 주위에 엄청 많기 때문이다. 조금만 주위를 돌려보면 심심치 않게 혼자 있는 사람을 발견할 수 있을 것이다. 이 모든 사람이 당신과 같은 사람이기 때문에 너무 위축되거나 슬퍼할 이유가 없다.

내가 지금 외로움을 느낀다면, 그 외로움조차 이해해 보자. 가만히 눈을 감고, 내가 왜 지금 외로운지를 곰곰이 생각해 보자. 아마 본인이 만들어 낸 외로움일 가능성이 크다. 사실은 그렇지 않은데, '나는 외로워' 그리고 '혼자야'라는 생각을 해서 외롭다고 느낀다는 것이다. 하지만 알고 보면 주변에서 많은 사랑을 받는 사람이 대부분이라는 점을 기억하자.

본인 스스로 만들어 내는 외로움과 고통은 본인만 점차 괴로움에 빠트리는 결과를 가져올 것이다. 이제 우리 모두 '혼자'의 시간을 즐겨야 하며, 우리가 마음속에 하나씩 품고 있는 외로움에 대해 이해해 보자.

언제부터? 바로 지금부터!

생각 고치기 연습

…▸ 나는 혼자가 아니다.

…▸ 나를 좋아해 주는 사람이 있고 내가 좋아하는 사람도 있다.

…▸ 외로움은 나 스스로 만들어 내는 것이며, 움츠러들지 말자.

…▸ 하루 중 적어도 10분간은 '혼자'만의 시간을 즐겨 보자. 힐링의 시간이 될 것이 분명하다. 커피 한 잔, 음악 감상, 독서 등 방법은 다양하다.

그 누군가 옆에 있기에
다시 시작할 수 있다

"오늘도 수고했다. 삼겹살에 소주라도 한 잔 할까? 아니면 치맥은 어때?"

월, 화, 수, 목, 금, 금, 금……. 주말 없이 분주히 살아가고 있는 우리들에게 이런 친구들과의 만남은 사막에서의 오아시스와도 같다. 20대는 20대끼리만이 어울릴 수 있는 대화를, 30대는 30대만의 대화를 한다. 대화의 주제는 모두 다를 수 있다. 학점, 토익, 취업, 연애, 결혼 등 각자의 주제로 이야기꽃이 피어난다.

서로가 서로에 대한 생각을 말해 주고 도움을 받고 충고를 하는 식의 대화가 이어진다. 사실 대부분 정답은 없다. 정답이 없는 이유는 바로 같은 나이의 친구들은 서로 경험의 차이가 거의 없기에 서로의 이야기에 대한 정답을 말해 줄 수 없기 때문이다.

그렇다면 우리는 왜 일주일에도 한두 번은 친구들을 만나며 이런 정답도 없는 대화를 계속할까? 그건 바로 함께이고 싶은 인간 본능과 서로 의지하고 싶은 욕구 때문일 것이다. 서로 비슷한 환경에 놓인 친구들끼리 이야기를 나누다 보면, 포기하고 싶은 일이 있다가도 '이 친구도 하는데, 나도 좀 더 노력해야지. 견뎌 봐야지.'라며 다시금 담금질을 할 수 있기 때문이다.

친구와의 만남을 통해 자신을 포기하지 않고, 다시 한 번 시작할 수 있는 다짐과 용기를 얻어 가는 것이다. 이렇게 친구나 회사 동료를 제외하고도, 우리 옆에 항상 있어 주는 이가 존재할 것이다. 부모님이 될 수도 있고 결혼을 일찍 하였다면 배우자가 될 수도 있을 것이며, 어떤 이에게는 형제나 자매가 될 수도 있다.

이런 인간관계를 '가족'이라고 하는데, 사실 가족은 어떠한 이익이나 제한 없이 사랑을 준다. 대부분 부모님들은 자신을 희생하면서까지 무조건적인 사랑을 아끼지 않는다. 그런데 어느덧 우리에게는 이러한 사랑이 너무나 당연하게 여겨져, 가족이라는 너무나 따뜻한 공간을 무시하는 경향이 있다. 생각해 보자. 만약 이런 당연한 사랑이 지금부터 없어진다면 어떨까? 아마도 상상하기 싫어질 것이다.

기억하라. 사람은 혼자 살아갈 수 없는 사회적 동물이라는 것을, 그리고 무조건적인 사랑이 옆에 있음을, 그래서 우리는 외롭지 않고 한 번 더 시작할 용기를 얻을 수 있음을.

생각해 보기 연습

···→ 내 주변에 친구 세 명 이상 있다.

···→ 나를 사랑해 주는 가족이 있다.

···→ 나는 좋아해 주는 사람이 주변에 항상 있다.

무조건 즐겨!

오늘도 어김없이 하루가 시작되었다. 이런 하루하루가 무의미한 따분한 일상이 말이다.

어떤 이는 하기 싫은 공부를 하러 학교에 가고, 또 어떤 이는 매일같이 부장님, 과장님, '님님님'들의 잔소리와 꾸지람을 참아 가며 버텨 내기도 한다. 그런가 하면, 아침에 일어나 '뭘 해야 하지? 자소서나 다시 쓰자.' 혹은 '면접 준비나 하자.' 하는 사람도 있을 것이다.

그러나 내가 해 주고 싶은 말은, "본인이 현재 어떤 상황에 있든 지금을 즐겨라"는 것이다. 이런 말도 있지 않은가? "노력하는 사람은 즐기는 사람에게 이길 수 없다."고.

만약 내가 대학생이라면, 아침에 일어나 오늘 하루 수업을 확인한 뒤, 과제가 있다면 언제 어떻게 과제를 할지를 정할 것이다. 이제 하루 스케줄을 모두 정리했으면 기분 좋게 좋아하는 음악을 들으며 학교로 향한다.

학교에 가면 내가 좋아하는 친구들과 같이 수업도 듣고, 함께 점심 식사와 티타임도 하면서 농담을 나누기도 한다. 수업을 마치고 내가 좋아하는 카페에 가서 여유롭게 과제를 한다. 하루가 빠르게 지나갔지만, 내가 좋아하는 분야의 공부를 하는 '대학생의 자유'를 만끽하며 지식이 쌓여 가는 것 같아 기분이 좋다.

여기에 시간을 내서 파트타임 아르바이트를 하며 자기 용돈을 벌어 쓰면, 정말 즐거운 대학 생활이 될 수 있을 것이다.

만약 내가 취준생이라면, 아침에 일어나 간단히 스트레칭도 하고 여유롭게 아침밥도 챙겨 먹을 것이다. 비교적 시간이 있는 현재, 평소에 도와드리지 못했던 어머니의 집안일을 도와드린다. 설거지도 하고, 방청소며 분리수거 등 평소에 하지 못했던 것들을 직접 해 보니 어머니께 새삼 감사한 마음이 들며 가슴 한편이 뿌듯해진다.

이제 오늘 하루 스케줄을 정리한다. 좋아하는 노래도 틀어 놓고 인터넷 사이트를 확인한다. 그리고 내 적성에 맞는 회사에 지원서를 작성한다. 최소한 하루 한 곳을 목표로 자소서도 작성하고, 취업에 필요한 서류나 필요한 공부도 하면서 취업 성공을 기원하며 '내가 다음 달부터 회사에 출근하게 된다면?'이라는 즐거운 상상으로 활기찬 하루를 보낸다.

만약 내가 회사원이라면, 평소보다 10분 일찍 일어나 출근 준비를

청춘 RE PROCESS

할 것이다. 10분의 시간이 왠지 모를 아침의 여유를 주기 때문이다. 평소보다 10분 일찍 준비했기 때문에 회사 인근에 도착해 모닝커피를 한 잔 마시는 여유를 부리며 맑은 정신으로 아침 일과를 시작한다.

일과 시작에 있어 가장 먼저 해결해야 할 일정을 체크해 두고, 그 다음 오늘 처리해야 할 업무리스트를 작성한다. 업무를 이렇게 꼼꼼히 준비하며 일한 결과 주변 동료들과도 친밀도를 유지할 수 있어, 간단한 농담도 주고받으며 재미있게 일을 한다.

퇴근시간이 되면 잘 이해하지 못했던 일에 대해 선배님들께 커피 한 잔 사며 다시 한 번 더 설명을 부탁드린다. 일처리에 있어 실수를 하지 않으려 퇴근 후에도 열심히 하는 모습에, 선배님들께서도 칭찬을 아끼지 않는다.

출근과 퇴근을 반복하며 주말이 되면, 사랑하는 사람도 만나고 내가 좋아하는 취미 생활도 하며 즐거운 주말을 마무리한다.

나름대로의 생활을 가상으로 적어 보았다. 물론 현실적으로 하기 힘들다는 것도 알고 있다. 하지만 그 누군가는 실제 이런 생활을 즐기고 있다. 그리고 그 사람들은 어떤 분야에 있던 나이가 많고 적음에 상관없이 집단에서 유독 빛이 난다. 여유가 있으며 본인의 상황을 즐길 줄 알기 때문이다.

그리고 주변에 사람들이 모여든다. 열정적이고 여유가 있으며 즐거운 사람에게 사람이 모여드는 것은 어쩌면 당연한 결과일 것이다. 내가 어떤 상황에 있건 즐길 줄 아는 삶은 본인은 물로 주변 사람들까지도 행복하게 한다.

즐겁게 행동하기 연습

··→ 어떤 일이든 어차피 해야 된다면 즐기면서 하자.

··→ 회피하지 말고 그 상황에서 재미를 찾아보자.

··→ 즐길 줄 아는 사람 옆에 사람들이 모여든다.

다른 사람의 눈을 너무 의식하지 말자
'혼자 하기 연습'

황금 주말, 사람들은 두 명 세 명 짝지어 다니며 같이 밥도 먹고, 분위기 좋은 카페에 가서 커피를 마시며 이야기를 나누며 쇼핑도 같이 다닌다.

하지만 고개를 들어 주위를 둘러보면, 그렇지 못한 사람들도 생각보다 굉장히 많다는 것을 발견할 수 있다. 눈을 돌려보면, 혼자 밥 먹는 사람, 혼자 카페에 있는 사람, 혼자 영화 보는 사람, 혼자 쇼핑하는 사람, 혼자 마트에 가서 장 보는 사람 등 수많은 '혼자'들을 목격할 수 있다.

그런데 왠지 모르게 혼자 하면 이상해 보이고 주변 사람들에게 자꾸 눈길을 돌리며 의식하게 된다. 속으로 '저 사람은 친구도 없나? 왜 혼자 저래?'라고 생각할 것 같아, 스스로가 청승맞게 느껴지기까지 한다.

그러나 이것은 모두 내가 만들어 낸 환상이다. 사실 요즘 이렇게 생각하는 사람은 거의 없다. 본인도 혼자 하는 것이 많아진 것이 요즘 현실이기 때문이다.

필자도 무언가를 혼자 할 때가 많다. 위에서 나열한 영화 보기, 밥 먹기, 쇼핑하기, 커피 마시기 등 많은 것을 혼자 할 때가 많다. 그렇다면 나는 친구가 없는 것일까?

정확히 말하자면, 친구가 없는 것이 아니라 시간이 서로 맞지 않아서이거나 혼자 하는 것들이 오히려 같이하는 것보다 편하기 때문이다.

필자가 혼자 영화를 보는 시간은 사람들이 많이 찾지 않는 시간대인 평일 오전 시간대이다. 이 시간에 평소 보고 싶었던 영화를 보면, 사람도 거의 없어 영화에 몰입도가 높아 정말 재미있게 즐길 수 있다.

카페에 가서 커피를 마시는 것도 내가 좋아하는 혼자 하기이다. 동네 조용한 커피숍에 가서 책 한 권 펴 놓고 음악도 듣고 책도 읽으면 내 마음이 편안해지며 절로 치유된다. 그야말로 힐링의 시간이다.

혼자만의 쇼핑에는 장점이 있다. 충동구매를 줄일 수 있고 시간도 절약된다. 혼자 쇼핑을 갈 땐 정말 필요한 것이 있기 때문인 경우가 많다. 그렇기 때문에 필요한 것만 구매하면 시간도 절약되고 다른 물건의 충동구매 또한 막을 수 있다.

혼자 밥 먹는 것도 마찬가지다. 혼자 밥을 먹는다면 다른 사람에 대한 메뉴의 배려 없이 내가 먹고 싶은 것을 먹을 수 있고, 여러 사람하고 먹는 것보다 시간이 절약되기 때문에 실용적이다.

이렇게 장점을 찾으면 '혼자 하기'는 참으로 편리하고 시간이 절약

되기 때문에 효율적이다. 하지만 우리가 이렇게 혼자 하는 여유를 제대로 누리지 못하는 것은 '다른 사람들의 시선'이 두렵기 때문일 것이다. 움츠러들지 말고 당당해져라.

혼자 하기에 있어서 가장 먼저 해야 할 것은 '당당하게'이다. 당당하지 못하고 왠지 내성적으로 행동하면 정말 친구가 없어서 혼자 하는 것 같아 보기 안쓰럽지만, 당당하게 행동하는 것을 보면 즐기는 것 같아 보여 전혀 이상하지 않다. 그리고 본인의 생각이 본인의 마음을 움츠러들 게 만들 뿐이다. 당당해지자!

대신 주의할 점을 알려 주겠다. 당당해지자고 했지 거만해지라고 하지는 않았으며, 과한 행동은 오히려 악영향을 줄 수 있으니 주의하자.

H와 F의 첫 만남

나는 ○○대학을 졸업하고 취업을 준비하는 취준생 H다. 하루하루가 지루하고 무의미한 일상이다. 수많은 회사들 중 나를 데려가겠다는 회사가 이렇게 한 군데도 없다니, 참으로 슬프다.

벌써 취업 준비만 1년째다. 나름대로 스펙도 쌓으려 토익시험도 보고 봉사활동도 하고 자격증도 취득하고……. 열심히 한다고 하는데, 나 같은 인재를 알아보지 못했는지 뽑아 주질 않는다. 1년이 넘어가려 하니, 이제는 내가 무얼 하고 있는지도 모르겠다.

이제는 집에 눈치도 보이고, 20대 중후반인 현재 부모님께 받는 용돈도 민망하다. 하지만 어쩔 수 없다. 취업이 되면 다 갚아야겠다는 생각으로, 민망해도 꿋꿋하게 용돈을 받을 수밖에 없다. 아르바이트를 하면 되지만, 아르바이트를 하면 취업준비를 제대로 할 수 없어 아르바이트는 대학 졸업 후 하지 못하고 있다.

대학 졸업 후 인턴으로 취업했을 때는 그래도 용돈벌이 정도는 되었는데, 인턴생활도 무작정 계속할 수 없는 입장이었다. 이제 나 자신에게 실망할 것도 없다. 불행 중 다행이다 싶은 건 나뿐만 아니라 내 주변 친구들도 비슷한 상황에 놓여 있는 것 같아 왠지 안심이 된다.

오늘은 K회사 서류전형 결과가 나오는 날이다. 왠지 합격할 것만 같은 기분에 아침부터 설렌다. 날씨도 좋은데 집 앞 공원이라도 나가 봐야겠다. 어릴 적 친구들과 뛰어놀던 공원이었는데, 최근에 가 본 지 오래되었다. 산책하기도 좋고 벚꽃도 많이 피어 있는 곳이라, 그 공원을 갈 때면 왠지 모르게 기분이 좋았다.

오늘은 평소 하지 못했던 운동 겸 산책이라도 하며 설레는 시간을 보내야겠다는 생각에 그 공원으로 향했다. 평일 오전이라 그런지 공원은 한산하다. 이 공원의 이곳저곳에는 어릴 때부터의 추억이 담겨 있다. 친구들과 항상 경쟁을 해야 했던 그네도 있고, 술래잡기를 하며 도망 다니던 넓은 공터와 몰래 이름을 새겨 넣었던 나만의 나무도 있다. 어느새 나만의 나무는 쑥쑥 키가 커서 가지가 하늘 위로 쭉 뻗어 있다.

역시나 공원에 나오길 잘했다는 생각이 든다. 좋아하는 음악 을 들으며 나만의 산책을 시작한다. 한 10분쯤 걷고 있을 때였다. '띵동' 문자가 한 통 왔다.

"귀하는 K회사의 서류전형에 불합격하셨습니다."

그저 문자 한 통 보았을 뿐인데, 순간 여러 감정이 밀물처럼 흘러 들어 왔다. 분노, 내 자신의 무력함, 실망, 절망……. 여러 가지 감정이 들며 나는 옆에 있던 벤치에 그저 멍하니 앉았다. 나 나름대로 내가 원했던 곳보다 조금 하향 지원했던 곳이었는데, 이곳마저 서류에서 떨어져 버리다니……. 정말 이젠 어떻게 해야 할지도 모르겠고, 왠지 부모님 뵐 면목도 없다. 이번엔 꼭 합격할 것 같다고 그렇게 못을 박았는데……. 뭐라 말을 해야 할지 모르겠다.

요즘은 5포 시대를 넘어 연애, 인간관계, 내 집 마련, 결혼, 출산, 마지막으로 취업까지 '6포 시대'라는데, 나에게도 이런 상황이 올 줄은 대학생활 할 때까지도 전혀 생각 못했다. 정말 취업도 포기해야 하는 건가. 왠지 나 혼자 벤치에 앉아 있는 게 외롭고 슬프다.

한 시간쯤 앉아 있었을까? 답도 나오질 않고 여기서 이러고 있어봤자 의미가 없다는 생각에 벤치에서 일어나 다시 집을 향해 걸었다. 힘없이 터벅터벅 걸어 나가고 있는데, 나만의 나무 앞에 누군가 서 있는 게 보였다.

그 앞에서 무언가를 골똘히 생각하며 물끄러미 나무를 쳐다보고 있는 것이다. 갑자기 호기심이 들었다. 어차피 집에 가봐야 뭐 하나 싶은 생각도 들고, 왠지 내 나무 앞에 서 있는 저 사람이 싫었다. 무작정 지금의 이 안 좋은 기분을 풀고 싶어 시비를 걸까도 싶었다.

가까이 다가가 그 사람을 보니, 나이가 지긋한 배우 같은 느낌의 할아버지였다. 동네에서 흔히 볼 수 있는 할아버지와는 다른 분위기를 풍기고 있었다. 기세 있게 걸어갔다가 왠지 모를 분위기에 압도되어 나는 점점 작아지고 있었다.

어느새 할아버지도 내가 옆으로 왔다는 것을 알아채셨는지 이상하게 나를 훑어보았다. 그렇게 3초정도 흘렀을까. 이 상황을 모면하려 무슨 말이라고 해야겠다 싶어, 대뜸

"안녕하세요, 혹시 여기에 왜 있으신 건지 여쭤 봐도 될까요?"

그러자 할아버님은 당황하는 기색 없이 나를 오히려 이상하게 쳐다보며 물었다.

"내가 여기에 있으면 안 되는 이유라도 있나요?"

하긴, 공원은 누구나 있을 수 있는 공간인데 내 질문이 이상하긴 했다. 나는 다시 말을 이었다.

"아니, 그게 아니라……. 사실은 그 나무는 제가 어릴 때부터 저 혼자 '내 나무'라고 정해 놓은 나무거든요. 나무를 계속 쳐다보고 있으시길래 궁금해서 여쭤 보았습니다. 죄송합니다."

할아버지가 온화하게 대답을 이어 갔다.

"아, 그런 연유구만. 안 그래도 나도 궁금하던 참이었다오. 여기에 이렇게 글을 써 놓은 사람이 누군지, 또 지금은 어떤 사람이 되었는지. 그 주인공이 자네구려? 허허. 그나저나 자네는 지금 어떻게 살고 있나? 음, 초면에 뭐하지만 아직 취업하지 못한 것 같구먼."

나는 당황했다. 어떻게 내가 취준생인 걸 알았는지도 궁금했지만, 나를 아는 듯한 태도에 어떻게 대답을 해야 할지 몰라 말을 이어 나가지 못했다.

그러자 할아버지가 말을 이어 나갔다.

"당황하지 말게나. 나는 그저 나무에 적혀 있던 게 궁금해서 물어본 것뿐이니. 여기 이곳에 'H나무, 지금 나이 10살. 20년 뒤 나는 엄청 대단한 사람이 되어 있을 거다. 엄청 좋은 회사에 들어가 돈 많이 벌어서 큰 부자로 살고 있을 것이다. 두고 봐라! 꼭 그럴 테니까.' 이런 문구가 적혀 있기에 이 사람은 지금 어떻게 되었을까 궁금했던 참이라네."

그 말을 듣는 순간, 너무나 창피하고 민망해서 쥐구멍에라도 숨어
버리고 싶은 심정이었다. 그러자 옛날의 기억이 새록새록 떠올랐다.
내 나이 10살 때, 몰래 나무에 새겨 넣고 나중에 20년 뒤에 다시 찾
아와서 볼 것이라며 다짐했던 나의 글.

그리고선 갑자기 눈물이 쏟아졌다. 모르는 할아버지 앞에서 눈물을
끄억 끄억 참아내는데, 나는 그만 인사도 못하고 집으로 쏜살같이 도
망칠 수밖에 없었다. 이것이 F할아버지와의 민망한 첫 만남이었다.

2장

과거 · 현재 · 미래의
삶의 태도

과거에 연연하지 말고
과거에서 배움을 얻어라

　사람들은 과거에 많이 집착한다. 그것이 과거의 '성공'이든, 과거 본인의 실수든 이미 지나가 버린 것들을 다시 들추려 하고 그것에 으스대거나 그것에 움츠러든다.

　우리는 과거를 과감히 잊어야 한다. 물론 과거에서 배울 점들은 대단히 많고 중요하다. 여기서 잊어버리자는 것은 과거에 후회가 남는 것이 있다면, 그것을 잊어버리자는 것이다.

　후회는 우리가 현재에 도전하고 미래를 위해 나아가는 데 방해한다. 후회를 하게 되면 과거를 생각하게 되고, 과거를 생각하다 보면 다시 부정적인 생각에 이어 심지어는 자괴감까지 들기도 한다. 왜 그때 내가 다른 행동을 취하지 못했는지에 대한 자기 추궁은 스스로를 괴롭히고 움츠러들게 한다.

　한번 상상해 보자. 아마 이 책을 읽는 모든 독자들은 한 번 이상 정말 큰 정신적 또는 육체적 아픔을 느껴 보았을 것이다. 사람에 따라 아픔의 정도나 고통의 크기는 다르겠지만, 본인이 경험했던 아픔 중 가장 큰 아픔을 겪었던 적을 떠올려 보라. 아마 그때의 생각을 떠올리면 정신적으로 스트레스를 받거나 육체적으로 상처가 욱신거릴 것이다.

이제 우리는 과거의 나쁜 것들은 생각지 말자. 대신 과거에서 배울 점은 모조리 배워 나가야 한다. 과거 어떠한 과정을 거쳐 성취했다면, 다시 한 번 우리는 동일한 과정을 거쳐 또다시 성공할 수 있을 것이다. 그리고 과거보다 좀 더 쉽게 성취되는 것을 알 수 있을 것이다.

다시 한 번 말하지만, 우리가 원하는 것을 이루기 위해서는 과거의 실패는 뒤돌아보지 말자. 다신 동일한 실수를 하지 않으면 된다. 그리고 과거에 무엇이든 성취에 성공한 경험이 있다면, 동일한 과정을 거쳐 또 다른 성취감을 맛보자. 과거에 빠져 있다면, 지금과 같은 삶을 살게 될 뿐이다.

미래에 내가 원하는 삶을 살아가고 있을까?

    오늘도 나는 그저 의미 없이 하루를 보내고 있지 않는가? 오늘 하루 중 가장 의미 있는 일은 무엇이었는가? 혹시 그저 그런 똑같은 하루를 보내고 있지는 않은가?

    우리 모두 대부분 이런 하루하루를 보내고 있다. 그렇다면 '의미 있는 하루'란 무엇인가? 다른 사람을 위해 봉사하고 희생해야만 의미 있는 하루가 되는 것은 아니다. 필자가 말하고 싶은 의미 있는 하루란, 본인이 미래에 원하는 삶을 위해 보탬이 되는 하루를 말한다.

    더 쉽게 예를 들어 설명해 보자. 만일 미래에 나의 이름으로 된 40평대 아파트를 구입하고 싶다면, 오늘 하루 동안 이 아파트를 구입하기 위한 행동을 해야 한다. 주택 청약에 가입할 수도 있고, 목돈 마련을 위한 부수입을 벌 수도 있으며, 책상에 앉아 좋은 입지의 아파트들의 정보를 알아볼 수도 있는 것이다.

쉽게 이야기하고자 아파트라는 보유 가치에 대해 말을 하였지만, 사실 이런 물질적인 것이 아닌 더 큰 본인만의 미래에 대해 생각해보고 행동해야 그만큼 내가 원하는 미래의 삶에 조금씩 조금씩 다가갈 수 있다. 어느 누구든 한 번에 원하는 것을 성취할 수는 없다. 그것은 오직 본인에 의해서만 이루어 낼 수 있는 것이기 때문이다.

현재 내가 아무것도 하지 않는다면, 미래에도 역시 아무 일도 일어나지 않으며 오히려 현재보다 더욱 나쁜 삶을 살아갈 것이 분명하다. 또한 미래에 대한 거창한 생각만 있을 뿐 실제로 그것을 이루려는 행동을 아무것도 하지 않는다면, 그것은 그저 허황된 일에 지나지 않을 뿐이다.

정말 조금이라도 좋다. 하루 5분이라도 무언가 미래를 위한 행동을 한다면, 그 5분만큼 미래에 희망하는 일에 한 발짝 더 가까워진 것이다.

미래 설계
계획서를 만들어라

'미래 설계 계획서'라고 하면 왠지 거창하게 들린다. 물론 본인의 소중한 인생을 계획해 보라고 하는 것이니 단순히 생각해서는 안 되겠지만. 그보다 조금은 쉽게 받아들였으면 좋겠다.

독자분들 중에는 하루하루 스케줄을 작성하여 그날 해야 할 일을 체크하는 사람도 있을 것이고, 1년 목표 또는 3년 목표를 정해 놓고 그것을 위해 어떻게 무엇을 해야 할지 쭉 나열해 놓은 사람도 있을 것이다. 이와 비슷하게 '미래 설계 계획서'를 작성하면 되는 것이다.

본인의 미래를 아는 사람은 아무도 없다. 그래서 미래를 계획해 봤자 무슨 소용이 있을까 생각하는 사람도 있겠지만, 목표를 정한 것과 그렇지 않은 것 사이에는 확실한 차이가 있다. 하루하루 불확실한 현실 속에 나를 방치한다면 내일, 내일모레, 일주일, 한 달, 내년 모두 똑같이 불확실한 상황만 되풀이될 뿐이다.

내 인생은 내가 통제할 수 있어야 한다. 왜냐하면 하나뿐인 인생이고 너무나 소중한 시간이기 때문이다. 위에서 말한 것처럼 계획서의 양식은 따로 없다. 그냥 본인이 나열하기 편한 대로 쭉 써내려 가면 된다. 다만 본인이 알아보기 쉽게만 작성하면 된다. 어떤 이는 표로 작성할 수도 있고, 또 어떤 이는 그림도 그려 가며 정성스레 계획표를 작성할 수도 있다.

이 계획표의 가장 큰 장점은 실천이 쉬워진다는 것에 있다. 시간을 확인하며 그때 상황에 맞춰서 해야 할 일을 처리하므로 빠트리는 것 없이 오늘 내가 생각했던 일들을 실천할 수 있다. 하루 일과를 끝내고 오늘 스케줄을 다시 한 번 확인할 때, 처리해야 할 일들을 모두 처리했다면 얼마나 뿌듯하고 기쁜지 모른다.

또 계획표를 만들면, 시간을 절약할 수 있다. 반드시 해야 할 스케줄이 있으면 불필요하게 쓰는 시간이 줄어들기 때문에 시간이 절약되는 것이다.

마지막으로, 하루 계획표가 아닌 연간계획표나 3년 계획표를 작성하여 이루고자 하는 목표를 적어 놓는 것은 어떨까? 나중에 보고 이루어 낸 결과를 보았을 때 얼마나 기쁘고 알차게 생활했는지를 확인하면서 자기 자신에게 상이라도 주고 싶은 마음이 들 것이다.

이렇게 좋은 장점들이 많은 미래 설계 계획서. 지금 당장이라도 옆에 있는 아무 종이를 꺼내 들고 오늘 하루 스케줄을 메모해 보는 건 어떨까?

투자하라!
투자는 미래 가치를 더욱 높여 준다

오늘 하루는 어떻게 보냈는가? 어떤 이는 아침에 일어나 출근 준비를 하고 출근을 한 뒤 근무를 마치고 퇴근 후 집에서 TV를 보며 휴식을 취하거나 친구들을 만나 회사에서의 스트레스를 과음으로 보낼 것이고, 또 어떤 이는 학교에 가서 정해진 시간에 수업을 듣고 남은 시간에는 과제를 하거나 이성 친구를 만나 즐겁게 하루를 보내지 않을까?

물론 "나는 다른 하루를 보냈어요." 하는 사람도 있을 것이다. 하지만 대부분의 사람들은 나름대로의 이유로 하루를 반복적인 생활로 마무리한다. 이 장에서의 '투자'란 '시간 투자'를 의미한다.

말콤 글래드웰은 『아웃라이어』에서 누구나 1만 시간을 투자하면 최고의 전문가가 될 수 있는 '1만 시간의 법칙'에 대해 이야기하였다. 이처럼 우리는 시간 투자를 통해 미래에 대한 전문가로서의 길로 들어서야 한다. 저자도 1만 시간의 법칙에 대해 동의한다.

1만 시간을 이해하기 쉽게 이야기하면, 하루 8시간씩 주 5일씩 약 5년 동안의 시간을 투자해야 한다. 어떤 이는 이보다 더 많은 시간을 투자해 더욱 빠르게 1만 시간의 법칙에 다가설 수도 있고, 또 어떤 이는 조금은 더디지만 열심히 노력하여 결국 전문가로서 성공할 것이다.

다만 '1만 시간의 법칙'에는 한 가지 비밀이 담겨 있다. 바로 '집중'이다. 본인이 투자하는 것에 대해 집중하여야만 1만 시간의 법칙으로 성공할 수 있다는 것이다. 집중 없이 시간을 투자하는 것에는 아무런 의미가 없다.

예를 들어 보자. 경력 10년차와 20년차, 외식업에 종사하시는 두 분이 있다. 이곳의 음식에 대해서는 대부분 만족을 한다. 하지만 특별한 무엇이 없다. 반면 경력 10년차의 어떤 이는 유명세와 더불어 누구라도 반할 만한 특별한 맛을 선사한다. 이런 차이는 왜 나는 것일까? 바로 집중하여 본인이 만들어 내는 맛의 차이일 것이다.

예를 들었지만, 다른 모든 직업에도 비유가 가능하다. 이런 것처럼 우리는 시간을 투자하여 다른 이들과는 차별화된 본인만의 전문분야를 만들 필요가 있다. '헉! 하루 8시간씩 5년이라니……. 지금도 하루하루가 빡빡하고 바쁜데, 어떻게 저렇게 해?' 하는 사람도 있을 것이다. 하지만 걱정하지 마라. 좋은 정보를 알려 주겠다.

'집중'해서 하루 1시간씩이라도 투자하여 짧게는 1년, 길게는 2~3년만 투자해 보면 지금 투자하는 그 어떤 것으로 분명히 지금과는 다른 직업을 갖거나 다른 일상을 살게 될 것이다. 실제로 우리는 엄청나게 뛰어날 필요는 없다. 다만 일반 사람들보다 조금 더 알고 조금 더 잘하면, 그것이 하나의 직업이 되는 것이다.

걱정하지 마라. 지금 현재 본인이 알고 있는 것이나 잘하는 것이 있다면, 그것에 조금 더 집중해서 투자하면 된다. 필자가 머리말에서 했던 것처럼 내겐 10개의 직업이 있다. 이처럼 여러 가지 직업을 가질 수 있는 비결 중 하나는 바로 이 '시간 투자'이자 '1만 시간의 법칙'이다. 앞에서도 말했지만, 1만 시간을 모두 채울 필요는 없다. 시간이 중요한 것이 아니라, 집중해서 잘하게 되는 것이 중요한 것이기 때문이다.

이제 방법을 알려 주었으니 미래의 꿈을 이루기 위해 상상하며 그것을 적용해 보자. 만약 내가 요리를 좋아한다고 가정하자. 그럼 가장 먼저 무엇을 해야 할까? 무작정 요리학원에 등록하는 것도 좋은 방법이겠지만, 나라면 요리학원에 등록하기 전 요리에 대한 기초지식을 쌓을 정보를 찾을 것이다. 그리고 내가 좋아하는 음식에 대한 레시피도 찾아보고, 실제로 음식도 만들어 볼 것이다. 일부러 만들 필요는 없다. 왜냐하면 우리는 하루 세 끼를 먹기 때문에 본인이 시간이 될 때 만들어 먹으면 된다.

이렇게 연습을 한 뒤 요리학원에 가서 요리를 배우면, 남들보다 2배는 빠르게 요리 강좌를 습득할 수 있을 것이다. 그리고 더 나아가 궁금했던 것들까지 전문 강사님께 질문할 수 있고 더 많은 것을 배울 수 있으니, 한층 더 효과적일 것이다.

이렇듯 시간 투자를 하여 어느 정도 시간이 지나서 전문가 수준까지 올라가면, 본인의 직업과 비슷한 계열이라면 그 분야를 넓힐 수 있는 계기가 될 수 있으며 나아가 본인의 진로를 바꿀 수도 있는 준비된 전문가가 될 수도 있을 것이다.

"다 이해하지만, 시간이 없다. 힘들고 지친다." 이런 말은 하지 마라. 본인이 노력하지 않는데 지금보다 더 나은 삶을 기대하는 것은 요령을 부리려는 심산으로 오히려 '나쁜' 것 아닌가?

그렇다면 하루 중 가장 많은 시간을 절약할 수 있는 세 가지 노하우를 여러분들에게 알려 주고자 한다.

첫째, 잠을 줄여 보자. 나는 평균 몇 시간의 수면을 취하는가? 사람마다 다르겠지만 6시간을 평균 수면 시간으로 잡는다면, 하루 1시간씩 수면 시간을 줄여 보라. 취침 시간 30분, 깨어나는 시간 30분을 빠르게 하면 1시간 정도는 쉽게 줄일 수 있다. 물론 처음엔 힘들겠지만, 사람은 바뀐 환경에도 빠르게 적응을 잘하기 때문에 일주일 정도만 지나면 어느 정도 익숙해져서 괜찮아질 것이다.

둘째, 불필요한 TV시청을 줄이자. 불필요하게 우리는 멍하니 TV 앞에 앉아 있는 시간이 많다. 이런 시간만 줄여도 하루 1~2시간은 금방 줄일 수 있다.

셋째, 일부러 약속을 잡지 말자. 일부러 약속을 정해서 사람들을 만나는 경우도 많기에, 불필요하게 약속을 정해서 사람들을 만나는 것을 자제한다.

위의 세 가지 방법은 실제로 필자가 하루 중 가장 많은 시간을 절약하는 방법이다. 생각보다 많은 시간이 절약되니, 이 책을 읽고 있는 지금 이 순간부터라도 실천해 보기 바란다.

3포 시대에서 6포 시대까지, 왜 이렇게 살아야 할까?

이제 청년실업 100만 시대다. TV, 라디오, 신문 할 것 없이 어디서 나 청년실업문제가 대두되고 있다. '3포 시대'라는 신조어를 본 지가 엊그제 같은데, 어느덧 3포 시대에서 5포 시대를 거쳐 이제는 '6포 시대'에 이르렀다.

3포 시대 – 연애, 결혼, 출산 포기
5포 시대 – 연애, 결혼, 출산, 집, 대인관계 포기
6포 시대 – 연애, 결혼, 출산, 집, 대인관계, 취업 포기

포기, 포기, 포기……. 도대체 무슨 포기가 이리 많은 걸까? 김치 담그는 것도 아니고……. 넋두리 섞인 농담 한번 해 봤다. 대체 우리 는 왜 이렇게 포기를 하며 살아가야 하는지, 슬픈 현실이 아닐 수 없

다. 여기에 필자가 읽고 많은 생각을 하게 했던 기사 하나를 소개할
까 한다.

> 어려서부터 홀어머니와 살았던 박 씨는 현재 27세. 2005년 대학 문
> 제로 상경한 박 씨는 그때부터 아르바이트로 직접 생활비를 벌었다.
> 2010년 백화점에 취직해 매달 40만 원을 월세로 내며 지내 왔는데, 얼
> 마 전 어머니가 서울로 이사했다.
> 마침 전세대란이 한창이었고, 박 씨는 간신히 변두리에 어머니와 함께
> 살 전셋집을 구했다. 그러나 그마저도 대출이었고, 박 씨의 월급 200만
> 원으로는 생활비를 대기에도 벅차 다시 대출을 받아 대출 이자 연체를
> 막고 있다.
> 현재 박 씨의 빚은 전세자금 대출과 학자금 대출을 포함하여 9,800만
> 원. 그는 딱히 사치를 한 것도 아니다. 그냥 먹고살다 보니 어느새 1억
> 에 달하는 빚쟁이가 돼 있었다.
> 이제는 세상이 달라졌다. 거창한 사업을 하다가 망하거나, 사기를 당
> 하거나, 불의의 사고로 일을 못하게 될 때 빚쟁이가 되는 것이 아니라,
> 박 씨처럼 그냥 먹고살았을 뿐인데도 빚쟁이가 되는 시대가 왔다.

이 기사를 보고 너무나 각박한 현실에 마음 한편이 서글퍼졌다. 정
말 사치를 부린 것도 아니고 먹고살았을 뿐인데 빚이 산더미처럼 불
어나 버린 것이다. 이러니 3포 시대를 넘어 5포 시대, 6포 시대까지
왔다고 하나 보다. 세상이, 사회가 원망스러운 마음에 탄식이 흘러
나오며 한탄했다.
하지만 우리는 이런 현실에 마냥 앉아서 당하고 있을 것인가? 이
책을 읽고 있는 여러분들에게는 최소한의 해결책을 찾아 줄 테니, 너

무 걱정하지 마라. 연애도 해야 하고 사람들도 만나야 하지 않은가.

6포 시대의 각박한 현실 속에 사는 우리이지만, '포기'라는 단어는 과감히 지워라. 누군가는 포기하지만, 그 누군가가 되지 말고 '나는 다르다'는 생각으로 살아가라. '6포 시대'라는 말 그대로 산다면, 필자는 너무 삶이 허무하고 슬플 것 같다.

인생을 살아가는 데 있어 가장 중요한 것이 무엇일까? 사랑, 돈, 가족……. 사람마다 가치관의 차이에 따라 다르겠지만, 필자는 '본인의 행복'이 가장 중요하다고 생각한다. 본인이 행복하지 않는데 다른 것들이 무슨 소용이겠는가? 연애, 결혼, 출산, 집, 인간관계, 취업. 이런 것들을 전부 포기해 버리면 행복의 퍼즐이 조각조각 나 버려 결국은 행복을 완성할 수 없을 것이다.

그러니 3포 시대니 6포 시대니 하는 것들은 잊어버리고, 우리는 이렇게 살지 않기 위한 방법을 찾아야 할 때이다. 포기하지 않는 삶의 비밀은 뒤에서 계속하겠다. 자, 따라오라.

실수를 되풀이하지 말자

"실수는 불가피한 것일 수도 있지만, 현명하고 올바른 사람은 오류와 실수
  를 통해 미래를 사는 지혜를 깨우친다."

– 플루타르코스

"가능하면 다른 사람의 실수를 통해 내 실수를 예방하는 것이 좋다."

– 워런 버핏

　살아가면서 우리는 정말 많은 실수를 하며 성장해 왔다. 뭐든 실수
할 수 있다. 그리고 실수를 해 봐야 다음에 다시 같은 실수를 반복하
지 않을 수 있다. 어떤 사람이든 실수를 하지 않는 사람은 없다. 다
만 실수를 하지 않으려 조심하는 사람이 있는 반면, 항상 같은 실수
를 반복하는 사람이 있다. 전자와 후자의 차이점은 '집중'에 있다고
생각한다.

작은 실수든 큰 실수든 어떤 실수를 저지른다면, 그 결과는 본인 또는 다른 사람들에게까지 피해를 입힐 수 있다. 따라서 이제까지의 실수는 잊어버리고 이제부터라도 실수하지 않는 삶을 살아야 한다. 그리고 다시는 본인이 했던 실수를 되풀이해서는 안 된다.

실수가 잦은 사람은 사람들로부터 '덤벙거린다', '어리바리하다' 등의 부정적인 인상을 남기게 되는데, 그 부정적인 인상은 신뢰도에까지 영향을 줄 수 있다. 사회생활을 하면서 '신뢰'라는 단어는 정말 중요하다. 신뢰가 없으면 어떤 일이든 맡기고 싶지 않으며, 맡겼다고 하더라도 왠지 불안함만 가중시키기 때문이다.

물론 '신뢰'라는 것이 단지 실수를 많이 한다고 해서 있고 없고가 결정되는 것은 아니지만, 누구든 믿음이 가는 사람에게 더욱 끌리게 되어 있지 않은가? 반면 실수를 많이 하는 사람에게는 실망감이 커져 기대가 적어질 수밖에 없다.

그리고 더욱 중요한 요점은 '실수'가 반복되면 '실패'가 된다는 것도 기억하기 바란다. 실수는 할 수 있지만, 본인이 선택한 것에 있어 작은 실수가 연속되면 어떤 일이든 완수해 낼 수 없음을 알아야 한다. 그리고 워런 버핏의 말처럼 가능하면 본인의 실수가 아닌 다른 사람의 실수를 통해 내 실수를 예방하는 것이 현명한 사람이라 하겠다.

청춘 RE PROCESS

F와의 두 번째 만남

오늘도 따스한 햇살이 나를 비추고 나는 그 따스한 햇살에 찡그리며 몸을 이리저리 뒤척이다 휘청거리고 일어난다. 오전 11시 반, 이미 오전 시간은 날아가 버렸다. 전날 과음한 탓인지 속도 쓰리고 머리는 깨질 것 같다.

어제는 친구들과 모두 같은 레퍼토리의 문제로 이러쿵저러쿵 하소연하다가, 사람이 술을 마시고 술이 술을 마시고 끝내는 술이 사람을 마셔, 도대체 몇 병을 마신지도 기억이 안 난다. 각 2병까지 마신 것까지는 기억하는데, 일어나 보니 집이다.

친구들과도 이런 레퍼토리로 하루를 보내게 된지도 한 반년은 넘은 것 같다. 다행인지 불행인지 주변 친구들도 나와 같은 처지에 있어 서로 위로하며, 나를 알아주지 않는 사회에 대한 한탄과 비판이 술안주를 대신한다. 부모님으로부터 받는 용돈도 점점 고갈되어 제대로 된 안주는 포기하고, 대신 그 돈으로 술 한 병을 더 마신다.

이젠 이런 생활도 지겹다. 내가 내 인생을 살아가는 것인지 아니면 세상 속에 그냥 속한 채 살아지는지, 그것도 이제 모르겠다. 아~! 요즘 같을 때는 그냥 아무것도 하기 싫다. 나에게 왜 이런 고난이 계속되는지……. 그나저나 속이 아파 죽겠다. 라면이라도 끓여 먹어야지.

비몽사몽한 정신으로 부엌으로 향한다. 오늘은 ,웬일로 식탁에 밥이 차려져 있다. 이제 웬 떡이냐 싶어 식탁보를 여는데, 차가워진 밥과 콩나물국이 가지런히 차려져 있다. 어머니가 웬일로 잔소리 하나 없이 밥까지 차려 놓고 가셨는지…….

그런데 어쩐 일로 마냥 좋지만은 않다. 왠지 불안하다. 평소 같으면 몸도 가누지 못하게 술을 퍼마시고 늦게 들어왔다며 욕먹으며 잔소리까지 들었을 텐데, 잔소리는커녕 이렇게 속풀이 하라고 콩나물국에 밥까지 차려 놓으시다니. 이런저런 생각에 머릿속이 복잡해지려 하지만, 우선 속부터 풀고 보자.

다시 데우기도 귀찮아 그냥 차가워진 콩나물국을 원샷 한다. 차가워져도 콩나물국은 역시 해장에 최고다! 게다가 역시 우리 엄마표 콩나물국은 어디다가 내놔도 손색없이 일품이다. 이제 정신을 좀 차리고 우선 샤워부터 시작해서 준비를 하자. 무얼 할지는 몰라도 준비는 해야겠지.

밥 먹고 씻었을 뿐인데 벌써 오후 1시. 하루에 반이 그냥 지나가 버렸다. 옷은 다 입었는데, 도통 뭘 해야 할지 모르겠다. 심심해서 TV라도 켤까 하다가 그러기엔 오늘 하루가 너무 허망하다. 안 되겠다 싶어 우선 밖으로 나가려 신발을 신는다.

청춘 RE PROCESS

그런데 신발장 위에 반가운 것이 있다. 노란 색으로 된 종이! 빙긋 신사임당의 미소가 보인다. 바로 5만 원짜리 2장. 횡제다. 돈을 낚아 채려는데, 종이 하나가 신발 위로 떨어진다. 낯익은 글씨체. 투박하고 삐뚤빼뚤한 우리 엄마 글씨체다.

-아들에게-

아들, 엄마다. 요즘 많이 힘들지?

어제는 왜 이렇게 술을 많이 마시고 들어와.

엄마가 무식해도 요즘 텔레비전이나 사람들 하는 말 들어 보니까 우리 아들 같은 나이에 취업하기가 힘들다고 하더라. 맨날 엄마가 대학 나와서 취업도 못하고 백수같이 논다고 잔소리하고 구박해서 미안해.

저 옆집 아들은 대학 나와서 2년째 취직도 못하고 매일 아르바이트만 한다더라. 왠지 모르게 내가 우리 아들을 너무 몰아붙이는 건 아닌지……. 우리 아들이 얼마나 힘들면 저럴까 하는 마음이 들어 이렇게 글을 남긴다.

어제 아들이 엄마한테 '취직 못해서 죄송해요.'라고 하는데 엄마가 너무 슬펐단다. 취직 못하는 건 네가 잘못해서 그런 거 아니야. 그러니 미안해하지 마. 아직 엄마 젊다. 엄마 걱정하지 말고, 천천히 네가 하고 싶은 거 하면서 네가 가고 싶은 회사에 들어가. 엄마가 응원할게. 그리고 어제 보니 우리 아들 티셔츠가 너무 낡았더라. 티셔츠라도 하나 사 입어. 엄마 일 나갔다 들어올게. 사랑한다, 우리 아들.

- 엄마가 -

목이 메고 눈앞이 뿌옇다. 너무 죄송하다. 뭔지 모르게 그냥 엄마한테 죄송하고 면목이 없다. 눈물을 훔치며 엄마가 준 10만 원을 주머니에 꾸겨 넣고 우선 밖으로 나섰다.

어디에 갈지 정해 놓지 않은 상태에서 발길은 집 앞의 작은 공원으로 향한다. 멍하니 한적한 공원 풍경을 바라보며 벤치 한편에 몸을 의지하고 앉는다.

우리 집은 엄마와 나, 이렇게 두 사람이 가족이다. 아버지는 어릴 적 사고로 돌아가시고 엄마는 여자로서의 삶을 포기한 채 나만을 바라보시며 억척스럽게 살아왔다.

나만 바라보며 살아온 엄마에게 배신한 것만 같아 오늘따라 마음이 더 무겁다. 사실 요즘 나만 생각했던 것 같다. 엄마는 뒷전이고 내일 하느라 엄마를 챙길 시간도 없었다. 더 정확하게는 챙기려 하지 않았다.

그래도 고등학교 때까지는 나름대로 반에서 공부를 잘하는 편에 속해 엄마에게 걱정을 끼치지 않고 대학도 가고 엄마의 자랑이 되었는데, 대학을 가고부터 어느 순간 새로 사귄 대학 친구들과 술도 자주 마시고 과제 때문에 늦게 들어오고 외박도 잦아지면서 엄마에게 너무 소홀했던 것 같다. 내 스스로를 뒤돌아보니, 늘 감사해하고 잘해 드려야 할 엄마에게 내가 너무 무심했다. 아, 이런 내가 싫다. 너무도…….

한 30분쯤 멍하니 먼 산만 바라보고 있었을까? 내 옆으로 한 할아버지가 다가오신다.

"어이고, 저번에 본 젊은 청년이구만. 오늘도 날씨가 좋아 바람도 좋고 운동하러 나온 겐가?"

청춘 RE PROCESS

갑자기 말을 걸어오시는 할아버지에게 깜짝 놀란다.

"아…… 예, 안녕…… 하세요? 그런데 누구……."

갑자기 뇌리에 이런 단어가 스친다. '공원', '눈물', '도망'. 헉! 속으로 당황했지만, 애써 당황한 것을 들키지 않으려 어설픈 웃음만 짓는다.

"아, 네! 안녕하세요."

할아버지가 다시 말을 이어 나간다.

"나는 이 공원을 자주 온다네. 조용한 이 동네에 혼자 바람도 쐬고 천천히 걷기 운동도 할 수 있고 참 좋다네. 자네도 이곳에 자주 오나 보군. 만나서 반갑네. 난 'F'라고 하네. 자네, 이 동네 사는가 보구먼."

"네. 저희 집이 이 근처에 있어서 가끔 생각날 때 와요."

"그렇구먼, 헌데 저번에는 우는 것 같더니, 오늘은 왜 멍하니 앉아 있누. 무슨 고민이라고 있나?"

"아니에요. 할아버지 앞에서 할 소리는 아니지만, 그냥 세상 사는 게 힘드네요. 되는 것도 없고……. 대학 졸업만 하면 다 될 줄 알았는데 그것도 아니에요. 오늘도 사실 딱히 할 것 없어 우선 밖으로 나온 거거든요."

"음, 그렇구먼. 내 나이 올해 80이라네. 나도 시간이 많아. 어디 한번 고민 있으면 말해 보게. 내가 고민 좀 들어 드리리다."

"에이, 아니에요. 할아버지가 무슨. 전 할아버지 잘 알지도 못하는데……. 괜찮습니다."

자리에서 일어나려는데, 할아버지는 충격적인 독설과도 같은 말을 하셨다.

"아직 멀었구먼, 더 고생을 해 봐야 호의를 받아들일 텐가? 이대로 평생을 한탄만 하며 그저 멍하니……. 인생이 아까우이."

그 소리를 듣자니 왠지 열이 받아 되받아쳤다.

"할아버지, 저 아세요? 왜 그런 말을 하고 그러세요? 안 그래도 속상한데! 이상한 할아버지야, 정말. 쉬다 가세요."

이런 말을 하고 뒤돌아서는데, 다시 할아버지의 말이 이어졌다.

"그래, 그럼 어쩔 수 없구먼. 잘 가시게."

집으로 다시 향하는데, 왠지 모르게 발걸음이 무겁다. 할아버지도 처음 보는 나에게 심한 말을 한 것은 사실이지만 나를 걱정해서 말씀해 주신 것 같고, 저번 일도 그렇고 오늘도 보아하니 이상하신 분은 아닌 것 같은데……. 무례하게 군 것이 마음에 걸려 애써 공원으로 다시 발걸음을 옮겼다. 사과라도 하고 와야겠다는 생각에서였다.

10분쯤 지났을까? 원래의 공원 벤치로 돌아가니 할아버지는 안 계셨다. 역시 다시 집에 돌아가셨나 보다 하고 돌아서려는 찰나, 누군가 캔 커피 하나가 가슴팍 앞으로 쑥 들이미는 게 아닌가?

"자, 커피나 한 잔 하세."

할아버지였다. 이렇게 F님과의 두 번째 만남이 시작됐고, 나에게는 이 만남이 새로운 기회가 되었다.

새로운 나의 시작

인스턴트커피의 달콤 쌉쌀함이 입안에서 목구멍을 통해 온몸으로 정신없이 쏟아져 내려간다. 이제 좀 정신이 차려지는 것 같다. 아무 말 없이 F할아버지와 10분째 커피만 홀짝거리며 앉아 있다. 무슨 말이라도 해야 할 것 같은데, 어떤 말부터 꺼내야 할지 망설여진다.

"이제 정신이 좀 드나 보구먼. 어제 과음했는지 얼굴도 부어 있고, 술 냄새가 나는 것 같더군. 술은 적당히 정신 차릴 수 있을 정도로 마셔야 하네. 술은 득이 될 게 하나도 없어."

"네, 감사합니다."

단답형으로 말을 이은 후 다시 5분이 지났다. 이 상황이 점차 불편해지려 할 때, F할아버지가 말을 꺼내신다.

"그래, 아까 내가 자네에게 물었었지? 무슨 고민이 있느냐고. 이제 말해 줄 마음이 드는가?"

이런 민망한 상황을 회피하려 무슨 말이라도 해야겠다 싶었는데, 마침 잘됐다. 속이라도 시원해지게 F할아버지한테라도 말해야겠다.

"F님, 저는 제가 싫어요. 우여곡절 끝에 나름대로 원하는 대학에 들어갔고, 아주 좋지는 못하지만 평균 이상의 성적으로 졸업을 했습니다. 대학 다닐 때도 등록금을 혼자 해결하진 못했어도 용돈이라도 벌어야겠다는 생각으로 낮에는 학교, 밤에는 아르바이트를 하며 나름 열심히 살았습니다. 그런데 졸업하고 보니, 저에게 남은 건 졸업장과 취업 준비생이라는 꼬리표예요. 백수도 아니고 그렇다고 일하지도 않으며 보내는 지금의 삶밖에 남은 게 없어요. 이런 현실도 싫고 저 자신도 싫고 어머니가 계시는데 점점 취직 준비 기간이 길어지면서 어머니 볼 면목도 없어요."

"그래, 그렇구먼. 취직하려 노력은 해 보았나?"

"물론 노력이야 엄청 많이 했지요. 토익점수도 올리고 봉사활동도 하고 해외 연수까지는 아니어도 인턴 활동도 3개월 하고……. 이뿐만 아니라 저 나름대로 최선을 다했어요. 이렇게 열심히 하는데 신도 무심하시지, 왜 저처럼 열심히 하는 사람은 뽑질 않고 부족한 거 없어 보이는 다른 사람들에게만 취직의 기쁨을 주시는지 모르겠어요."

"자네의 가장 큰 문제는 지금 취업이 아니라 자네 마음가짐이라네. 좀 더 자기 자신에게 여유로워졌으면 좋겠네. 늙은이가 하는 말이니, 잔소리라 생각지 말고 잘 들어 보고 생각해 보게.

자네의 이미 지나 버린 과거는 잊어버리게. 사람들은 과거에 많이 집착하는 경향이 있다네. 그것이 과거의 '성공'이었든, 과거 본인의 실수였든 이미 지나가 버린 것들을 다시 들추려 하고 그것에 으스대거나 그것에 움츠러들게 되지.

　물론 과거에서 배울 점들은 대단히 많고 중요하다네. 과거에 후회 남는 것이 있다면, 그것을 잊어버리라는 것이라네. 후회는 자네를 방해할 것이고, 후회를 하게 되면 과거를 생각하게 되고, 또 과거를 생각하다 보면 다시 나쁜 생각이나 나쁜 상상 그리고 왜 그때 내가 다른 행동을 취하지 못했는지의 자기 추궁까지 하게 되어, 본인을 너무 많이 괴롭힐 수밖에 없지. 지나가 버린 것은 잊고 새로이 출발하면 되는 것이라네. 지금 현재가 가장 중요한 것이고, 오늘 하루 자네가 어떻게 살아 갈 것인지에 초점을 맞추고 행동하고 실천한다면 자네의 미래를 바꿔 나갈 수 있을 것일세."

　"감사합니다. 그런데 실은 미래보다 지금 당장 어디서부터 어떻게 해야 할지를 모르겠어요."

　"바로 그거야! 지금 당장 어떻게 해야 할지 모르겠다면, 멍하니 있을 게 아니라 계획을 세우고 무엇을 해야 할지 정해야 해. 목표를 설정한 것과 그렇지 않은 것에는 확실한 차이가 있다네. 하루하루 불확실한 현실 속에 나를 방치한다면 내일, 내일모레, 일주일, 한 달, 내년에도 똑같이 불확실한 상황만 되풀이될 뿐이라네.

　자신 인생은 자신이 통제할 수 있어야 하는 것이라네. 왜냐하면 하나뿐인 인생이고 너무나 소중한 시간이기 때문이지. 자네와 내가 이렇게 보내는 시간도 자네에 비해 얼마 남지 않은 나에겐 엄청 소중한 시간이고 행복한 시간이라네. 자네 같은 젊은이와 이렇게 인생 이야기를 할 수 있다는 건 나에겐 무척 즐거운 일이거든."

"그럼 F님, 저에게 지금 취업 준비가 아니라 계획부터 세우라는 말씀이세요? 저도 나름 계획을 세우고 있는데요. 내일은 자기소개서를 2곳이나 작성해야 하고, 내일 모레는 곧 다가오는 면접 준비로 예상면접을 뽑아서 공부하려고 하는데요."

"자네는 지금 잘못 이해하고 있다네. 그런 계획이 아니라네. 자네가 진정 원하는 게 무엇인지 생각해 보게. 그리고 그것에 대해서 계획하고, 자네 자신의 시간을 투자해야 하는 것이라네. '집중'해서 하루 1시간씩이라도 자신이 하고 싶은 것에 시간을 투자하여 짧게는 1년, 길게는 2~3년만 투자해 보면 분명 지금과는 다른 직업을 갖거나 전혀 다른 일상을 살게 될 것이라네.

실제로 자네 주변을 한번 돌아보게. 엄청나게 뛰어날 필요는 없지 않은가? 다만 자네보다 그 분야에 대해 조금 더 알고 조금 더 잘하면 하나의 직업이 될 수 있는 것이지. 만약 자네가 취업을 하더라도 행복하지 않을 것 같다면, 지금 하던 것들을 모두 멈추고 자네가 원하는 것을 하기 위해 계획하고 자네 시간을 집중해서 다른 이들보다 뛰어나지게끔 노력해 보게."

"제가 원하는 것……. 하지만 F님, 지금이 무슨 시대인 줄 아세요? 6포 시대, 그러니깐 연애, 결혼, 출산, 집, 대인관계, 취업까지 포기해야 하는 시대라고요. 포기하지 않아도 되는 것만도 얼마나 행복한 건데요. 제가 원하는 것을 위해 시간을 투자하라니……. 저에게는 사치 같은 말이에요."

"6포 시대라……. 얼마 전에 '3포 시대'라는 말을 들었는데, 이제는 6포 시대라고 하는구면. 자네에게서 '포기'라는 단어를 지워야 한다네. 다른 이들은 포기하지만, 다른 이들처럼 포기하지 말고 자네는 '나는 다르다'는 생각으로 살아가야 한다네.

지금까지 자네가 과거에 실수한 것이 있다면 괜찮다네. 어떤 사람이건 실수를 하지 않는 사람은 없다네. 다만 실수를 하지 않으려 조심하는 사람이 있는 반면, 항상 같은 실수를 반복하는 사람이 있지.

전자와 후자의 차이점은 '집중'에 있지. 작은 실수건 큰 실수건 어떤 실수를 저지른다면, 그 결과는 자네 또는 다른 사람들에게까지 피해를 입힐 수 있어. 그렇게 때문에 이제까지의 실수는 잊어버리고, 이제부터라도 실수하지 않는 삶을 살아야 하는 것이지. 그리고 다시는 본인이 했던 실수를 되풀이하지 않아야 하는 것이라네.

자네는 오늘부터 어제와는 다른 새로운 사람이 되어야 하는 거야. 왜냐하면 자네가 스스로 높은 꿈을 갖고 있고 있기 때문이지."

"할아버지가 어떻게 아세요? 제가 어떤 꿈을 꾸는지……."

"얼마 전에 보지 않았나. 저기 옆에 있는 나무에 적어 놓은 것 말일세."

'아차! 예전에 적어 놓은 거…….' 갑자기 민망해 귀까지 빨갛게 달아오른다.

"오늘은 시간도 많이 지난 것 같은데, 이만 돌아가도록 하세. 자네, 내일 시간 어떤가? 공원 앞에 근사한 카페가 있던데, 자네 내일 나에게 커피 한 잔 사는 건 어떤가? 오늘은 내가 커피를 사지 않았나."

왠지 거부할 수 없는 말씀에 내일 다시 만나 뵙기로 약속을 하고 집으로 돌아가는 길. 어쩐지 묘한 기분에, F님의 조언을 다시 한 번 떠올려 보기 시작했다.

⋯→ 과거에 연연해하지 말고 배움을 얻어라.

⋯→ 내가 좋아하는 일에 시간을 투자하라.

⋯→ '포기'라는 단어를 지우라.

⋯→ 같은 실수를 되풀이하지 말아야 한다.

어휴~! 모두 맞는 말인데, 왠지 도덕책 같은 이야기이다. 그래도 이왕 만나기로 했으니 속는 셈 치고 F님의 조언을 들어 볼까?

나는 집으로 돌아와 원하는 것과 계획표를 만들기 시작했다.

오늘은 이상한 날이다. 뭔가에 홀린 것 같은 느낌⋯⋯. 오늘은 머릿속에서 F님의 조언만이 귓가에 맴돈다.

3장

계획과 행동의 실천

내가 통제하지
못하는 것은 하지 말자

대부분의 사람들은 무언가를 통제하려고 애쓴다. 굳이 통제 하지 않아도 될 것들까지 말이다. 물론 모든 것이 내 뜻대로 돌아가도록 만든다면, 마음은 편안할 것이다. 하지만 그렇게 만들기까지 나의 많은 시간과 노력이 허비된다.

그러나 다른 사람의 잘잘못은 본인이 굳이 통제 하지 않아도 되는 것이다. 우리나라에서는 '오지랖이 넓다'는 관용구를 많이 사용한다. 이는 쓸데없이 지나치게 아무 일에나 참견한다는 뜻으로, 혹시 이 글을 읽고 있는 독자분들 중 이런 소리를 들어 본 적이 있는 분이 있다면 이제부터는 남의 일에 대한 참견을 과감히 중단하자.

사실 오지랖이 넓은 것과 통제는 다른 의미이다. 여러분들에게 조금 쉽게 이해시키고자 오지랖이 넓다는 말을 이용하여 설명해 보았다. 더 정확하게 말하자면, 통제하지 못하는 것은 하지 말자라는 것은 본인 일에 좀 더 집중하고 다른 일에 신경 쓰지 않아도 된다는 의미이다.

생각보다 많은 사람이 본인이 통제하지 못하는 것을 통제하려고 애쓴다. 그러나 통제하지 못하는 것을 통제해 보고자 갖은 애를 쓰는 것은 비효율적이라는 것이다. 태풍이 오는 것을 막지는 못하지만 태풍의 피해를 줄이려 노력은 할 수 있고, 나이 드는 것은 막을 수는 없지만 젊음을 유지하려 노력할 수는 있다.

즉, 본질적인 태풍이 오는 것을 막을 수 없고, 나이가 드는 것을 막을 수 없음을 알아야 한다는 것이다. 위의 예시처럼 태풍이 온다는 것에 걱정하는 것보다는 태풍이 와도 피해가 나지 않을 행동을 하는 것이 더욱 현명한 방법이라 하겠다.

또한 모든 이가 내 말에 모두 동의를 할 수 없음을 인정해야 한다. 10명 중 한두 명이 나와 다른 생각을 가졌다고 해서 그 한두 사람까지 모두 본인 말에 동의해야 하는 것은 아니다. 사람에게는 각자 저마다의 생각이 있고, 옳고 그름을 판단할 수 있는 기준 또한 저마다 다르기에 본인이 모든 것을 통제할 수 없을 뿐더러 통제할 필요도 없다.

나는
진정 원하고 바랐을까?

현재 본인의 삶은 본인이 진정 원하는 삶인가? 그리고 지금 하고 있는 일이 진정 원하는 일인가?

비교적 많은 사람이 현재의 삶과 지금 하고 있는 일은 본인이 원했던 것과 다르다고 말한다. 그렇다면 어디서부터 잘못된 것일까?

부모님의 말에 따라 부모님이 원하는 것들을 하며 살아온 여태까지의 삶이 잘못된 것인가? 아니면, 부모님의 말을 들었어야 했는데, 그렇지 못하고 내가 원하는 대로 했다가 잘못된 것인가? 그것도 아니면, 나는 잘못한 것이 없는데 나를 알아주지 않는 사회의 잘못인가?

모두 아니다. 본인이 여태껏 어떻게 살았고 어떤 일을 했으며 지금 어떤 상황에 처해 있는지는 상관없다. 그저 지금 하고 있는 일이 정말 스스로 진정 원하는 것인가에 있는 것이다. 삶은 '본인이 어떻게 사느냐?'보다는 '본인이 원하는 것을 하며 살고 있는가?'에 의해 달라진다.

비슷한 말 같지만 다르다. 사회의 요구에 따라 누구나 검사·판사·의사 등 사회적으로 높은 지위의 사람이 되고자 하지만, 정작 본인과는 맞지 않는 직업일 수 있다는 것이다. 자연을 사랑하고 자연을 가꾸는 것이 진정한 행복인 사람이 자신의 적성이나 행복과는 맞지도 않는 의사·검사·판사를 하면 무엇 하겠는가? 힘든 일상에 쫓겨 즐거움도 찾지 못하는 나날이 계속되다가는 결국 본인의 삶만 점차 망가질 뿐이다. 부모나 주위 사람들이 원하는 것이 아닌 본인이 원하는 것을 해야 하고, 또 그렇게 해야 행복함을 느끼며 본인이 선택한 분야에서 뛰어날 수 있다.

현재 많은 청년들이 취업을 못하고 있는 상황인 것을 감안하여 찬밥 더운밥 가리지 못하는 것은 알고 있지만, 한편으로는 큰 걱정이 아닐 수 없다. 저렇게 무작정 본인 성적과 스펙에 맞춰 힘들게 고생하여 취업에 성공한들 행복할 수 있을지에 대한 걱정이다.

또한 지금 취업에 성공해 현재의 직장에서 이직을 생각하는 사람들에게도 말해 주고 싶다. 본인이 진정 원하는 것이 무엇인지부터 생각해 보라고……. 그리고 주위 사람 신경 쓸 필요 없이 본인이 원하는 것을 하라고……. 사실 그게 정답이다.

우리 사회는 아직도 너무 보여 주기식이다. 나의 행복을 위한 행동보다는 주위 사람들에게 보여 주기 위한 행동이나 사치가 많다. 그러나 그러지 않아도 된다. 아무리 비싸고 좋은 정장을 입어도 한 벌에 만 원 하는 추리닝보다 편할 순 없듯이 각자 본인이 원하는 것을 좀 더 생각하고 거기에 초점을 맞춰서 직업을 포함한 어떤 중요한 것들을 결정했으면 좋겠다.

그리고 무엇보다 본인과 맞지 않는 일을 하면 일의 능률도 오르지 못할뿐더러 오래 가지 못한다. 좀 더 다행스러운 사실은 그때 가서 다시 본인이 진정 원하는 것이 무엇인지 생각하고 고치려 해도 늦지는 않는다는 점이다.

인생 100세 시대에 50세라도 다시 시작해 볼 수 있는 것 아니겠는가? 하지만 하기 싫은 것을 억지로 하며 살아온 본인의 삶이 너무 아깝지 않은가.

여러분 모두 늦지 않았다. 지금 다시 시작하면 된다. 진정 본인이 원하는 것이 무엇인가?

* 본인이 원하는 것을 찾기 전까지 뒤로 넘어가지 말길 바란다. 원하는 것을 찾은 다음 페이지를 넘겨 읽었을 때, 더욱 효과적일 것이다.

새로운 도전을 향한 첫걸음

본인이 원하는 것을 찾았는가? 그것이 직업이든 또 다른 일이든 진정 본인이 원하는 것을 알았다면 매우 축하할 일이다. 현재의 본인에게 희망이 있음을 축하하자.

어쩌면 주위에서 많은 우려와 반대를 할 수도 있다. 하지만 새로운 도전을 위해서는 반드시 거쳐야 할 단계임을 알아야 한다. 다른 사람들과 다르게 행동하는 모습을 사람들은 '이상하다'고 생각할 것이고, 어쩌면 여러분을 외계인처럼 여길 수도 있다. 하지만 어떤 일이든 반대하는 사람이 있기 마련이다. 하지만 필자만큼은 응원하겠다. 그럼 최소한 한 명 이상은 여러분을 응원하고 여러분이 원하는 것을 이루고 성공할 수 있도록 바라는 것이므로 용기를 내자.

다만, 여러분이 알아야 할 것이 있다. 갑자기 모든 것들을 내려놓고 포기하면서 자기가 원하는 것을 위해 달리는 어리석은 행동은 하지 않길 바란다. 앞에서 진정 원하는 것이 무엇인지 알았다면, 이제는 준비단계이다. 지금 하고 있는 일이나 삶을 아무런 준비도 없이 한순간 멈춰 버린다면, 여러분이 원하는 것이 무엇이든 결코 순탄히 진행될 수는 없다. 원하는 것을 알았다면 천천히 그리고 탄탄히 계획하고 배워 나갈 때이다.

많은 유명한 사람들이 말한다. "즉각 실천하라." 하지만 이 말을 오해해서는 안 된다. 즉각 실천하라는 것은 모든 것을 포기하면서 곧바로 원하는 걸 하라는 것이 아니라, 원하는 것을 하기 위한 계획과 준비를 하라는 것이다. 행동과 실천은 그다음 단계이다.

두려워하지 마라. 아직 어떤 것도 변하지 않았고, 어떤 일도 일어나지 않았다. 그리고 아직 아무것도 포기하지 않았기에 걱정하지 않아도 된다. 본인이 원하는 것을 준비하는 동안 사실 진정 원하는 것이 아님을 깨닫는 순간 멈추면 되고, 다시 원하는 것을 생각하고 준비하면 된다.

여러분은 아무것도 두려워하지 않아도 된다. 그리고 오히려 즐겨야 한다. 얼마나 즐거운 일인가? 여러분이 원하는 것을 하기 위한 이 준비 과정이……. 사랑하는 사람과 데이트 코스를 알아보듯 여러분이 원하는 것을 취하기 위한 방법을 알아보고 준비하라.

행동과 실천의 방법

각자 원하는 것을 알고, 준비하고 계획하기를 마음먹었다면, 이제 행동과 실천을 할 때이다. 결단은 과감하게 내리고, 장기간의 미래 계획서와 구체적인 활동내역을 종이에 손으로 직접 적어 보자.

아무 곳이나 취업을 원하는 것이 아닌 본인이 진정 원하는 일을 하기 위한 구직방법이라든지, 본인이 원하는 사람을 사랑하려 본인의 달라진 모습을 어떻게 바꿀지에 대한 구체적인 계획이라든지 여러분이 원하는 바를 구체적으로 서술해 보고 나열해 보기 바란다.

행동과 실천의 방법에는 요령과 방법이 없다. 뒤돌아보지 않고 앞만 보며 원하는 것을 얻을 때까지 노력하는 수밖에 없다. 어쩌면 생각보다 오래 걸릴지도 모른다. 그리고 후회할지도 모른다. 그러나 후회하지 마라. 후회한다는 것은 이미 본인 마음에 졌음을 의미한다. 그러니 설사 원하는 것을 성취하기까지 오랜 시간이 걸릴지라도 후회하지 말자.

  대신 조금만 더 힘내라. 눈앞에 당신이 원하는 것이 있다. 실천을
시작하라. 출발을 해야 결승점도 기다리고 있을 테니…….

4장

감사하기와 만족하기

다른 사람을 만족시키기 위해 애쓰지 않아도 된다

사람들은 자기 자신보다는 다른 누군가에게 인정받길 원하고, 그 사람들이 만족감을 느끼게 하기 위해 열심이다. 가장 기본적으로 부모님이 만족하는 학교, 직업을 위해 학창시절을 보냈다. 그리고 그것이 본인이 원하는 것이 아닌데도 불구하고, 부모님의 기대나 주위 사람들의 기대를 저버리지 않기 위해 자기가 원하는 것이라고 착각하는 사람들이 많다. 그리고 그것을 이루면 본인 스스로 만족한다고 생각하는 사람들도 많다.

냉정히 말하면, 그럴 필요는 없다. 물론 부모님이나 나에게 사랑을 주시는 주위 사람들의 인정이나 만족을 위해 최선을 다하는 것은 나쁜 일이 아니다. 하지만 그것은 두 번째이다. 본인이 스스로 만족하는 것을 하고 난 후, 그 성과를 부모님이나 주위 사람들에게 인정받는 것이 먼저다.

필자가 어렸을 때의 일이다. TV에서 나온 장면이었는데, 아직도 어렴풋이 기억이 나는 걸 보니 학창시절 나름대로 충격을 받았나 보다. 어떤 부유한 가정에서 태어난 둘째 아들이 있었다. 그 아이는 막내임에도 불구하고, 모든 면에서 뛰어난 첫째에게 부모의 관심이 이어진 탓에 부모로부터 사랑을 받지 못했다. 그래서 둘째 아이는 부모에게 인정받고 형을 뛰어넘으려 갖은 애를 썼지만, 모든 면에서 뛰어난 형을 이길 수는 없었다.

그러던 어느 날, 둘째 아들은 어머니가 좋아하는 뮤지컬을 같이 보러 가게 되었는데, 그 이후부터 어머니는 그 둘째 아들과 항상 뮤지컬을 보러 다니게 된다. 그런데 여기서부터 충격적이었다. 사실 그 둘째 아들은 좋아하지도 않는 뮤지컬을 어머니에게 사랑받고 인정받고 싶은 마음에 현재 상영하는 뮤지컬을 모두 조사하고 직접 보고 난 뒤, 가장 재밌는 뮤지컬을 어머니에게 같이 보러 가자고 했던 것이었다.

그 뒷내용은 기억이 잘 나지 않지만, 그 둘째 아들은 결국 어떤 사고를 치게 된다는 내용이다. 어린 마음에 엄청 충격적이었다. 사랑을 받기 위해서는 이렇게까지 노력해야 하는 것인지, 그리고 누군가보다 꼭 내가 뛰어나야 하는 것인지에 대해 생각해 보는 계기가 되었다.

그 무엇보다 본인의 만족이 우선시되어야 한다. 본인 스스로에게 만족감을 느껴야 다른 사람들의 인정도 받을 수 있는 것 아니겠는가? 본인 스스로 만족을 못하는데, 어떻게 남들을 만족시킬 수 있겠는가?

'만족'하는 것도 하나의 기술이고 스킬이다. 그것을 느끼고 깨달을 수 있을 때, 좀 더 성숙한 성인으로 성장할 수 있을 것이다.

불평·불만·변명 버리기 연습

'사회에 대한 불만'

'부모님에 대한 불만'

'현재 자신에 대한 불만'

뭐든 잘 이루어지지 않으면, 우리는 누군가에게 불평불만을 하게
된다. 본인에게는 책임이 없고 처음부터 잘못되었다는 식의 불만이
다. 자기 자신이 지금 이렇게 살고 있는 건 우리 집이 못살았기 때문
이고 우리 부모가 잘나지 않았기 때문 이라는 논리다.

또한 사회에서 원하는 스펙을 다 갖췄고 학점도 좋은데 사회가 이상
하고, 경제가 어렵다 보니 본인 같은 인재가 성공할 수 없다는 불만이
다. 그러다가는 끝내 그냥 나 자신이 싫고 '난 왜 이 모양인 건지, 남
들은 운동을 잘하거나 공부를 잘하는데 왜 난 아무것도 잘하는 게 없
지?' 하는 자기 자신에 대한 불만에 스스로가 보잘것없이 초라해진다.

아니라고? 필자가 직접 체험해 본 결과, 대부분 자기합리화와 자기 방어 때문에 속마음을 터놓지 않아서 그렇지, 사실은 대부분이 어떤 불만과 불평으로 그럴싸한 변명을 늘어놓으며 남 탓을 하는 경우가 정말 많다.

그러나 그런 불평불만은 한마디로 '핑계'다. 좀 더 독하게 말하면 본인 스스로 못났다고 말하는 것밖에 안 된다. 본인은 아무것도 하지 않았으면서 남 탓은 왜 하는가? 본인의 가정 형편이 어려우면 왜 본인이 열심히 노력해서 부모님 호강시켜 드릴 생각은 못하는가?

사회가 이상하고 경제가 좋지 못하더라도, 취업을 하고 원하는 바를 이루는 사람들이 있다. 그들은 본인만의 장점을 최대한 살려 다른 사람에게는 없는 무언가가 있기에 취업이 가능한 것이다. 그만큼 더욱더 치열하게 노력했기에 취업이든 직업이든 성취하고 얻어 낼 수 있었던 것이다.

아무것도 잘하는 것이 없더라도 어떤 분야에 대해 최선을 다해 남들보다 뛰어나려 노력해 본 적이 있는가? 만약 어떤 분야에 대해 1년 이상 꾸준히 무언가 노력했다면, 이런 생각을 갖지는 못할 것이다. 결국 아무런 노력을 하지 않았다는 증거다.

이 책을 읽는 여러분은 지금과는 다른 삶을 위해 노력하고 있으니, 다행이 아닐 수 없다. 자신이 이루지 못한 것에 대해 변명이나 핑계를 만들 시간에 우리는 이제 다른 생각을 해야 한다. 주어진 조건에서 최대한으로 본인의 장점을 살릴 수 있어야 한다.

그리고 무엇보다 중요한 것은 불평불만이 아닌 '감사'가 성공하는 사람이 될 수 있는 조건이라는 점이다. 아무리 좋지 못한 상황이라도 성공하는 사람은 다르다. 불평불만은 없다. 그저 본인의 현 상황에서 최선을 다하느라 정신이 없을 뿐이다.

양계 · 축산물 가공 판매 및 사료 제조업체인 '하림'의 모태는 김홍국 회장이 초등학교 4학년 때 외할머니로부터 선물 받은 10마리의 병아리로부터 시작되었다. 이 병아리는 김 회장의 나이 18살 때 4,000마리가 되었고, 그는 고등학교 재학 중에 양계사업에 뛰어들었다.

병아리를 키워 대기업으로 만든 이 대단한 이야기는 현재 우리 20~30대 청춘들에게 희망을 던져 주는 메시지이자, 남 탓을 하기에 바쁜 청년들에게 반성을 일깨워 주는 일이 아닐까 생각한다.

청춘들이여, 이제부터 불평 · 불만 · 핑계는 없다. 본인의 머릿속에서 이제부터 이 세 가지는 없는 것이라고 마음속으로 다짐하자.

현재의 본인에 대한 감사와
나 자신에 대한 재해석

"감사하는 행위, 그것은 벽에다 던지는 공처럼 언제나 자기 자신에게로 돌아온다."

– 이어령

"감사한 마음으로 받는 사람에게는 풍부한 수확이 있다."

– W. 블레이크

위의 두 가지 명언은 감사하는 마음은 결국 본인에게로 돌아온다는 것이다. 그렇다면 우리는 지금 현재 상황에 대해서부터 감사의 마음을 갖는 것이 좋겠다. 비록 지금은 가진 것도 없어 감사한 마음이 생기지 않더라도, 스스로 지금 현재 자신의 모습에 감사하는 마음을 갖도록 하자.

다행히 어디 아프지 않고 이렇게 꿈을 위해 열심히 독서를 하는 나 자신을 칭찬해 주고, 책을 읽을 수 있는 환경을 가진 자신에게 감사하자. 그리고 그 마음을 매일매일 되뇌자. 감사하는 마음을 가질수록 신기하게도 정말 감사한 일이 생긴다. 그것은 아마도 작은 것 하나하나에 대해 소중하고 감사함이 생기기 때문이 아닐까 생각한다.

본인 스스로 감사한 마음을 갖게 되면 자신을 소중히 생각하게 되고, 다시 한 번 스스로 어떤 사람인지 생각해 보는 소중한 시간이 될 것임이 분명하다. 이 시간을 갖게 된다면, 남들에게 본인을 소개할 때 좀 더 솔직하고 당당한 자신을 만날 수 있을 것이다. 지금 자기 자신의 현재에 대해 감사히 여기는 마음을 갖자.

잠시의 여유

"이리저리 바쁘게 준비하고 움직인다. 나름 이것도 하고 저것도 해보는데 뭔가 이뤄 놓은 것은 없고, 마음만 바쁘다. 주변 친구들은 이미 취업에 성공해서 정장을 입고 회사에 출근해서 월급을 받았다며 한 턱씩 냈는데, 나만 아직 취준생 신세이다."

"이번엔 꼭 승진할 줄 알았는데, 이번이 벌써 두 번째 승진 실패이다. 나보다 늦게 들어온 후배들과 같은 계급이라니……. 왠지 추월당할 것 같아 가슴 졸이며 하루하루를 정신없이 보낸다."

내 주위에 있는 친한 지인들의 이야기이다. 항상 무언가 열심히 하고 바쁘게 지내는 지인들은, 사실 무엇을 하며 하루를 지내는지도 모른다고 이야기한다. 그리고 남는 것이 없다 며 조심스레 고민을 털어놓는다.

이런 사람들에게는 가장 좋은 처방약이 있다. '마음의 여유 갖기'이다. 위의 두 사례 모두 스스로 무언가에 쫓기는 심정이다. 그래서 정신없이 전진만 하는데, 어느 길로 가야 할지 방향을 정하지도 않고 그저 전진만 할 뿐인 것이다. 인생의 큰 배를 항해하는 선장이 목적지 없이 드넓은 바다를 떠도는 것과 같은 이치이다.

이럴 때는 잠시 모두 내려놓고 여유를 가지는 것이 해답이다. 누군가는 안 그래도 뒤쫓아 오는 것 같고 나만 뒤처지고 점점 멀어지는 것 같은데 어떻게 여유를 갖느냐는 말을 할 수 있을 것이다. 하지만 정확한 길을 정한 뒤 전진하지 않으면, 지금과 같이 주변만 빙빙 돌 뿐이라는 것을 알아야 한다.

이렇게 다시 반론하기도 한다. 본인은 목적지를 알고 있고, 정확하게 가고 있다고. 목적지는 취직이나 진급이며, 그것을 위해 열심히 하고 있다고……. 그렇다면 다행이다. 우선 가장 가까운 목적지만이라도 알고 있으니 말이다.

아마 여러분들도 비슷한 상황이 아닐까 생각한다. 그런 여러분들을 위해 다시 해결책을 안내하겠다. 잠시 여유를 갖고 그 목적지까지 가기 위한 과정에 어떤 필요한 것들이 있을지 그리고 그것들을 해결하기 위해서는 어떻게 해야 하는지 정확히 판단한 후에 다시 전진하라.

지금의 여유와 마음의 평온이 여러분의 부스터가 될 것이다. 딱 7일이다. 그 이상은 오히려 무기력을 야기하므로 더 많은 시간은 줄 수 없지만, 일주일만 아무 생각하지 말고 목표를 위한 과정과 그 과정에 필요한 것들을 다시 한 번 파악해 보자.

'금강산도 식후경'이라는 말이 있다. 여유가 있고 마음이 복잡하지 않아야 금강산도 즐길 수 있는 법이라는 말이다. 잠깐의 여유는 괜찮다.

변화 그리고 탈피

약속한 시간이 다가온다. 어제는 몰랐는데, 어제 내 행동을 가만히 더듬어 봤더니 첫 번째 만남이나 두 번째 만남도 정상적이지 못했다는 생각이 들었다.

처음 만났을 때는 '도망', 두 번째 만났을 땐 '눈물'이라니……. 지금 생각해도 부끄럽다. 이왕 만나기로 했으니 면접 때마다 입고 나가는 정장이나 오랜만에 쫙 빼입어야겠다. 혹시 모르지, 커피숍에 예쁜 아르바이트생이라도 있을지?

오랜만의 꽃단장이다. 머리도 손질하고 로션도 꼼꼼히 바른다. 오랜만에 카페에 가는데 달달한 캐러멜 마키아토 한 잔 마셔야겠다. 생각보다 시간이 남았으니, 먼저 가서 기다려야겠다.

공원 앞 커피숍엔 향긋한 커피 향이 은근히 이곳저곳에서 뿜어져 나온다. 왠지 좋은 향에 취할 것 같은 분위기 좋은 곳이다. 사실 나는 커피숍에 잘 가지 않는다. 친구들은 맛있다며 마시는 아메리카노는 쓰기만 하다. 그리고 무엇보다 비싸다. 아메리카노 한 잔 값이면 친구들과 소주 한 병을 더 마실 수 있는데, 나에겐 역시 커피보단 소주가 어울리는 것 같다. 어쨌든, 이제 어여쁜 아르바이트생만 있으면 완벽하다.

헉! 너무 환상을 좇은 탓일까? 어여쁜 아르바이트생은 온데간데없고, F님이 앞치마 차림으로 나에게 말을 걸어오신다.

"어서 오시게. 좀 놀랐나? 우선 자리에 앉지."

"안녕하세요. 그런데 왜 앞치마를 하시고 계신 거예요?"

"허허, 내가 이 카페 주인이거든. 오늘 우리 직원이 사정이 생겨서 좀 늦게 나오게 돼서 잠시 바리스타 일을 하고 있지. 어떤 커피 좋아하지?"

"아, 그렇군요. 저는 캐러멜 마키아토로 주세요."

5분쯤 지나자 따뜻한 캐러멜 마키아토가 풍부한 거품 위에 캐러멜 선을 그리며 내 자리 위로 올려졌다.

"오늘은 어제와 조금 달라진 것 같은데, 무슨 중요한 일이라도 있나?"

"아니요. 딱히 중요한 일은 없지만, 여태껏 못난 모습만 보여 드린 것 같아 오늘은 신경을 쓰고 나왔습니다."

"하하, 그렇구먼. 자네는 상대방에 대한 배려와 예의는 갖추고 있는 것 같군. 좋다네. 자, 오늘 이렇게 보자고 한 것은 자네에게 지금보다는 다른 인생을 살게 해 줄 선물을 주려고 불렀다네. 자네가 오늘 받을 선물을 어떻게 할지에 따라 자네의 꿈이 이뤄질지, 아니면 어제와 같이 방황하며 살게 될지가 결정돼. 오늘 자네에게 기회가 온 것이라네. 그 기회를 잘 활용해 보게."

'선물'? '기회'? 갑자기 정신이 번쩍 들면서 동공이 확장되는 느낌을 받았다. 그리고 왠지 모르게 심장이 두근거리기 시작한다.

"지금부터 자네에게 질문은 받지 않겠네. 내가 하는 이야기를 잘 듣고 자네는 머릿속으로 그리고 마음으로 이해하길 바라네."

나는 자세를 바로잡고 두 손을 모아 F님의 이야기에 집중했다.

"자네에게 지금 가장 중요한 것은 취직이 아니라네. 자네가 진정 원하는 게 무엇인지를 알고, 그것에 집중해야 할 때라네. 왜 남들과 똑같은 길을 가려 그렇게 애쓰는가. 그것이 자네가 진정 원하고 바라는 일인가? 자네에게는 남들과 다른 꿈이 있는 걸로 아는데, 그 꿈을 위해서 자네가 했던 노력은 무엇이었는지 생각해 보게.

나는 자네를 잘 모른다네. 사실이지. 그래도 알 수 있는 것이 있지. 아마 자네는 자네 꿈을 잊어버리고 또 자네가 스스로 뭘 원하는지도 까먹었을 테지. 그리고 남들이 하는 것을 따라 하려 발버둥 치고 또 제대로 되지 않음을 그저 남 탓이나 하며 허송세월을 보냈겠지.

자! 자네는 이제 변화할 필요가 있다네. 과거에 자네가 어떤 일을 했고, 어떤 사람인지는 중요하지 않다네. 지금 현재가 중요하고, 자네가 원하는 것이 있으면 그것에 집중하면 되는 것이지. 자네가 원하는 게 취직이라면 다른 사람들과 경쟁하려 하지 말고 자기 자신만 바라보게. 본인이 어떤 사람인지 스스로 알고 남들에게 떳떳하게 말할 수 있다면, 모든 사람들이 자네를 인정하게 될 걸세.

자네가 변화하고자 한다면 구체적인 계획을 세울 필요가 있다네. 계획적으로 자네 인생을 설계하고 그 계획을 토대로 행동을 하는 것이라네. 아무런 계획 없이 생활하다가는 또 아무것도 이루지 못한 채 1년이 훌쩍 지나가 버리지.”

F님은 다시 한 번 목소리를 가다듬으며 말을 이었다.

“마지막으로 한마디만 더하지. 자네가 생각하는 것처럼 인생은 자네 중심으로 흘러가지 않네. 자네가 어떤 곤경에 처해도 자네 인생은 상관없다는 식으로 더욱 자네를 밀어 붙일 수도 있는 거야. 그때 자네는 아직도 남의 탓 사회 탓을 하고 있을 텐가?

중요한 건 어떤 상황에 처해 있어도 본인이 하기에 달려 있다는 것을 잊지 말게. 변명이나 핑계는 저 멀리 날려 버리고 모든 선택과 모든 결과를 받아들이는 것일세. 어차피 모든 책임은 자네가 감당할 테니 말이지. 잘못되어도 자네 탓이고 잘되어도 자네 탓이라면, 모든 잘되게 만들어야 하지 않겠나. 이제 어린 모습에서 탈피해 성인처럼 행동하고 생각하는 법을 배웠으면 좋겠네.

여태 이야기 듣느라 수고했네. 잠시 시간을 주지. 따뜻하게 커피 한 잔 하며 생각을 정리해 보게.”

한순간 태풍이 휘몰아친 것 같은 느낌이다. 내가 진정 원하는 것이 취업인가? 아니다. 내가 지금 원하는 것은 단지 취업이 아니다. 취업을 통해 실전을 경험하고, 나만의 사업을 해 보고 싶다.

그렇다면……. 굳이 남들처럼 겉보기 좋은 회사에 들어가지 않아도 된다. 근무 환경은 힘들어도 내가 실전을 많이 경험해 보고 바닥부터 경험해 볼 수 있는 곳에 들어가야 한다.

그리고 뭐라고 하셨지? 핑계 대지 말라, 과거를 돌아보지 말라, 계획하고 행동하라……. 모두 맞는 말씀만 하셨는데, 왠지 어렵다. 어디서부터 생각해 봐야 하는 거지?

　30분이 지나도 해결할 실마리를 찾지 못하고 있었다. 어느새 F님은 앞치마를 벗고 다시 내 앞에 앉으셨다.

　"이제 직원이 왔구먼. 골똘히 생각하는 것 같은데, 나름의 해답은 찾은 겐가?"

　"아니요. 제가 원하는 것은 찾았어요. 취업이 원하는 전부는 아니더라고요. 저는 그 이후의 미래가 더욱 소중해요. 하지만 계획하고 행동하라는 말씀은 어떻게 해야 할지를 모르겠어요."

　"계획하고 행동하기는 자네가 원하는 바를 성취할 수 있게 도움을 주는 열쇠가 되는 방법이라네. 어려워하지 말고 자네가 성취하고자 하는 것을 얻기 위해서 일주일, 한 달, 일 년 단위의 계획을 가급적 구체적으로 나열하고 그대로 실행하면 되는 것일세. 자네가 계획과 행동으로 실천한다면, 어느새 자네가 원하는 바가 이루어져 있을 것이라네.

　어렵게 생각하지 말게. 있는 그대로를 받아들이면 되는 게야. 자네가 원하는 것이 어려울수록 그만큼의 대가를 치를 수 있어야 함은 세상의 이치라네. 자네가 적어 놓은 나무의 글을 기억하는가? 자네 나이 30살에 남들이 부러워하는 회사에 좋은 차, 예쁜 여자 친구가 있을 것이라고 적혀져 있었지. 허허, 자네는 10살 때 적어 놓은 이 꿈을 실현할 수 있겠는가?"

　"지금은 아닙니다. 좋은 회사보다 내가 배울 수 있고 비전을 볼 수 있는 회사에 가고 싶습니다. 자동차 자체는 없어도 됩니다."

　"그래, 바로 그것이라네. 그럼 자네가 어떻게 해야 그런 곳에 들어

갈 수 있고 또 자네의 꿈을 이룰 수 있도록 계획하는 것도 가능할 것일세. 좋아. 자네에게 줄 선물이 포장지를 벗겨낸 것 같군. 이제부터가 가장 중요한 것일세. 집중하고 잘 들어 보게."

F님과의 대화에서 점차 희망을 찾아가는 것 같은 기분이다. 요즘 좀처럼 느껴 보지 못한, 마음이 가벼워지는 기분이다.

"자네 혹시 부자가 되어 볼 생각은 없는가? 부자가 된다면 자네는 뭐든 할 수 있게 되지. 사고 싶은 것이 있으면 고민 없이 살 수 있고, 먹고 싶은 것이 있으면 아무리 비싸도 상관없이 먹을 수 있지. 자네가 하고 싶은 대부분을 할 수 있게 된다네."

"당연히 부자가 되고 싶습니다. 하지만 이런 제가 어떻게 부자가 될 수 있겠어요? 가진 것도 없고, 똑똑하지도 못하고, 게다가 연예인들처럼 잘생기지도 않았는걸요."

"허허, 자네는 부자가 될 수 있다네. 실제로는 부자가 되는 게 아니라 자네 자신도 모르게 부자가 되어 있을 걸세. 이 세상엔 생각보다 많은 부자가 있다네. 그리고 그 부자들 모두 비슷한 사고방식과 생활 패턴을 갖고 있지. 그것만 자네가 알면 부자가 될 수 있는 것이지. 하지만 이거 하나만은 알고 있어야 하네. 잘못하면 자네는 '부자인 척하는 그냥 돈만 많은 사람'이 될 수도 있으니 말일세.

부자는 자네가 원하는 것을 모두 얻을 수 있을 정도의 돈만 있으면 되는 것이라네. 어차피 다 쓰지도 못하고 만져 보지도 못하는 통장의 숫자에 안절부절못하는 돈벌레가 되면 안 된다는 말일세.

진정한 부자란 어느 정도의 자산이 있고 자네가 가고 싶다면 어디든 갈 수 있으며, 누구에게도 방해받지 않는 온전한 본인의 시간을 누릴 수 있을 때 비로소 진정한 부자가 될 수 있는 것이라네.”

“혹시 실례지만 F님도 그런 부자이신가요?”

“그렇다네. 나는 세상을 살아가는 게 너무 재미있어. 하고 싶고 가고 싶고 갖고 싶은 것은 뭐든지 할 수 있지. 해 보고 싶은 게 있으면 배워서 하면 되는 것일 뿐, 나에게 방해가 되는 것은 없다네. 다만 아쉬운 게 하나 있지.”

“그게 뭐에요? 진정한 부자는 아쉬운 게 없을 것 같은데요.”

“나는 진정한 부자의 의미를 너무 늦게 깨달았다는 게 아쉬울 뿐이지. 내 나이 80이라네. 얼마나 이 즐거운 날들을 더 즐길 수 있을지 아무도 모르는 것이라네. 잠시 내 지나온 이야기를 해 주지.”

F님은 회상에 잠긴 듯 잠시 눈을 감았다 뜨더니, 이야기를 진행했다.

“나도 자네처럼 젊을 적 회사에 취직을 했었지. 지금은 남들 다 아는 그런 건실한 회사가 되었지만, 내가 입사할 당시에는 직원도 4명 밖에 없는 조그만 회사였지. 그저 보통의 사람들처럼 회사일 열심히 하고 결혼도 하고 아이도 낳았지. 그렇게 20대가 지나 30대가 되어 회사일도 성과를 내고 승진도 하게 되었지. 지금 생각해 보면 그때가 그립다네. 힘들어도 온 가족이 함께할 수 있음이 좋았어.”

그의 눈가에 회한의 빛이 서렸다.

“40대가 되어 이제는 엄청나게 성장한 기업이 된, 10년 넘게 근무해 온 회사에서 나와 사업을 시작했다네. 그때 참 무모하고 어리석었어. 결론을 말하면 사업은 망했고, 아내와 아이들 볼 면목이 없어 방황하기도 했지. 잘나가는 대기업 임원에서 한순간 빚쟁이들에게 시달리는 꼴이 됐었다네. 어때, 상상이 가는가?

어느 순간 삶을 포기하고 싶기도 했었지. 그때 아내가 말하더군. 괜찮다고 말이야. 여태 열심히 했던 것 알고 있으니까 다시 시작하면 된다고, 힘내라고……. 자네 혹시 '눈물 젖은 빵'이라고 알고 있나? 눈물이 하염없이 흐르는데 다시 살아 보자는 굳은 결심을 하며 빵을 먹었지. 그때 눈물 젖은 빵을 먹으며 겨우 다시 도전해 볼 용기를 냈었지."

"그런데 어떻게 지금은 부자가 되신 거예요?"

"다행히도 그간 헛되이 살지는 않았었는지 주위 많은 사람들이 재기할 수 있도록 많은 격려와 도움을 줬었지. 나에겐 은인과도 같은 사람들이야. 전에 있던 회사에서도 다시 나를 받아 주었어. 난 행복한 사람이지. 많은 걸 잃었어도 주변 사람들은 나를 믿어 주고 응원해 주며 도움을 주었으니까. 자네도 주변 사람들을 소홀히 하지 말게나. 모두 자네 하기에 달렸어. 친절하고 배려하고 존중해 주면 된다네."

F님은 잠시 입술이 말랐는지 침을 바르고는 다시 입을 뗐다.

"다시 이야기로 돌아가서, 회사에 출근하면서 가까스로 다시 평온한 일상이 되었지. 5년이라는 시간이 걸렸다네. 정말 아내와 아이들이 고생 많이 했지. 그래도 남은 빚이 너무 많아 어떻게 해야 할지 걱정이었다네. 그래서 나는 방법을 궁리하기 시작했다네. 어떻게 하면 이 많은 빚을 갚을 수 있을까? 생각에 생각을 거듭한 끝에 방법을 찾아냈지. 사람들이 필요하고 원하는 걸 찾아서 그것을 제공하기로.

그래서 퇴근하고 저녁에 집에 돌아와서는 이것저것 사람들이 원하는 걸 찾기 시작했고, 그렇게 찾아 헤매다가 결국 찾게 되었어. 생각보다 가까이에 있더군. 특별한 무언가를 새로이 만들어 내는 것보다 실생활에 있어 우리 아이들이 불편해하고 우리 아내가 불편해하는 것을 편리하게 만들었지.

사실 그 전에 실패를 해 봐서 그런지 선뜻 용기가 나질 않았다네. 하지만 한 번 더 도전하기로 마음먹었고, 이번에는 철저히 준비하기 시작했다네. 가능성이 있는지, 판매는 누구에게 할 것인지 등등 시장 조사를 철저히 하면서 내가 만든 제품에 다른 경쟁제품이 있는지도 모두 확인하며 이번에는 신중하게 하기로 마음먹고, 회사도 다니며 내가 만든 제품을 테스트하고 홍보하고……. 그게 사람들에게 인기를 얻어 부자가 될 수 있었다네. 그때 내 나이 50이었어.

이제 먹고살 만하니 아내가 그만 사고로 세상을 먼저 떠났지. 못난 나를 만나 평생 고생만 하다 이제 살 만하니까 사고를 당해, 너무 불쌍하고 억울해서 어찌 할 바를 모르겠더군. 좋은 자리에 무덤을 만들고 마지막 인사를 하는데, 아내의 마지막 선물이었는지 왠지 목소리가 들리는 것 같았지. 이제 편해지라고…….

그제야 깨달았다네. 내 나이 50에 우리 아이들, 우리 아내와 제대로 된 추억 하나 없이 바쁘게 살아왔다는 것을……. 결국엔 빚도 다 갚고 돈만 많은 부자가 되고 나니 남은 게 하나도 없다는 것을……. 그래서 다시 생각하게 되었지. '진정한 부자'에 대해서. 남은 인생 아깝지 않게, 아내에게 미안하지 않게 살아 보기로 결심했었네.

이제 아이들도 결혼하고 아이도 낳고, 나에겐 손주들도 있지. 이 나이 되어서 아직 이렇게 활동할 수 있고 주변에 친구도 많다네. 난 행복한 사람일세."

F님의 얼굴에 살짝 미소가 고였다.

"자, 나는 자네에게 내 이야기를 해 주면서 이미 선물을 주었다고 생각하네. 하지만 자네는 아직 모르겠다는 표정이군."

"네, 이야기 잘 들었습니다. 그런데 저에겐 꿈만 같은 이야기예요."

"그래, 그럼 오늘은 여기까지만 하도록 하세. 오늘 해 줬던 이야기를 다시 한 번 생각해 보고, 우리 내일 다시 이곳에서 만나세. 내일이 아마 내가 자네에게 알려 주는 마지막 이야기가 될 거야. 오늘 만남도 즐거웠다네. 조심히 들어가게나."

F할아버지의 말씀이 끝난 뒤, 난 카페에서 나왔다. 그리고 생각에 잠겼다. F할아버지가 말씀해 주신 소중한 조언을 하나하나 곱씹어 보고 다시 생각하기 위해 집으로 돌아와 책상 앞에 앉았다.

F할아버지 말대로라면 어쩌면 정말로 내가 부자가 될 수 있지 않을까? 왠지 복권에 당첨된 것처럼 마음이 들떠 신이 났다. 벌써 내일이 기다려진다. 부자가 될 수 있는 방법이라……. 여태껏 취준생으로 전전긍긍하던 삶에서 한순간 부자라니? 웃음이 절로 나왔다.

5장

변화하기

변화를
무서워하는 우리들

지금의 삶을 바꾸고 싶다면 스스로를 다른 사람처럼 바꿔야 한다. 나 스스로가 바뀌지 않으면, 그저 지금과 똑같은 일들이 반복될 뿐이다.

'변화'라고 해서 어렵게 생각하지 마라. 그리고 지금과 다른 일상의 삶에 대해 무서워하지 마라. 우리는 새로운 것에 대해 기대감이나 도전에 대한 즐거움보다는 걱정과 무서움을 먼저 앞세우는 경향이 있다. 그러나 변화는 어려운 것이 아니다. 남들 앞에 먼저 나서지 못하는 내성적인 성격을 밝은 모습으로 당당하게 나설 수 있는 외향적인 성격으로 변하는 것이다.

물론 이런 성격으로 변화하기까지, 수많은 연습과 실천의 반복이 필요할 것이다. 지금까지와는 다른 삶을 살기 위해 이 정도의 노력은 필요하지 않겠는가? 이런 성격을 고치는 데에는 오랜 시간이 걸리므로 쉬운 것부터 고쳐 나간다면 좀 더 빠르게 성격도 변화할 수 있을 것이다.

"자신감은 외모로부터 나온다."는 말이 있다. 외모 지상주의자 같아 말하기 조심스럽지만, 부정할 수 없는 사실인 것만은 맞다. 하지만 누구나 배우 장동건이나 전지현처럼 빼어난 외모를 갖출 수는 없다. 그리고 현대사회에서는 본인만의 개성을 살린다면 외모가 뛰어나지 않더라도 충분히 인기가 많고 사람들이 따르는 모습을 쉽게 볼 수 있다.

본인이 뚱뚱한가? 그렇다면 먼저 다이어트를 하자. 그리고 본인이 키가 작다면 키가 커 보일 수 있도록 하이힐이나 깔창을 이용해 키가 커 보이도록 노력해야 한다. 겉으로 보이는 조건이 달라지면 본인 스스로도 자신감이 높아짐을 알 수 있을 것이다. 이렇게 지금과는 다른 삶을 살기 위한 변화를 쉬운 것에서부터 차근차근 하다 보면, 결국 지금과는 다른 엄청난 변화를 겪게 될 것이다.

마지막으로, 외모와 성격 그리고 하나 더 변화해야 할 것은 바로 지식! 본인이 하고자 하는 분야의 지식을 좀 더 높은 수준으로 변화하여 사람들로 하여금 선망의 대상이 될 수 있도록 나를 탈바꿈시켜 보자. 생각만 해도 짜릿하지 않은가?

변하를 두려워하지 말고, 지금 바로 쉬운 것부터 도전해 보자.

자신을 가꾸어라,
본인을 사랑하라

자신을 사랑할 줄 아는 사람은 다른 사람들도 사랑할 수 있으며, 사랑받는 법도 안다.

혹시 주변 사람들 중 저 사람처럼 되고 싶다거나, 부러워한 적이 있는가? 아마도 대부분 내적인 부분보다는 외적인 겉모습을 보며 부러워했을 것이다.

자신의 모습에 자신 없는 사람들은 자신감도 떨어지고 자존감도 약해서 위축될 수밖에 없다. 그런데 그렇게 움츠러들 필요는 없다. 생각보다 자신은 꽤 괜찮은 사람들인 경우가 많기 때문이다. 부끄러워해야 할 것은 겉모습이 아니라 자신을 부끄러워했던 마음 아닐까 생각한다.

실제로 자신의 외적인 모습 때문에 심각하게 고민하던 학생이 있었다. 심각하게 자기애가 떨어지는 학생이었는데, 이제는 자신을 부끄럽게 생각하지도, 누군가를 부러워하며 따라 하는 행동도 하지 않는다. 오히려 다른 친구들이 그 친구가 하는 것을 따라 하고 그 친구에 대해 궁금해한다.

이 학생은 어떻게 극복하게 되었을까? 이 학생도 처음 자기 자신을 사랑하지 못하고 가꾸지 못했다. 하지만 21세기에서는 겉모습만이 매력의 주요 요소는 아니다. 몸매나 스타일로 겉모습을 보완하고, 자신의 내성적인 성격을 밝게 고치려 엄청난 노력을 기울였다. 그런 그 학생은 이제 스타일이 좋다는 말을 자주 듣는다고 한다. 이처럼 본인을 소중히 사랑하고 가꾸어야 한다.

그리고 사실 정말 가꾸어야 하는 것은 본인의 내면이 아닐까 생각한다. 내면의 아름다움은 아무나 따라 할 수 없는 것이므로 외적 · 내적으로 본인을 가꾼다면 누가 여러분들을 사랑하지 않을 수 있겠는가? 본인을 부끄러워하지 마라. 본인은 세상에 하나밖에 없는 사람이고, 본인만의 특별한 매력이 있다.

다른 사람들의 관심과 사랑을 받길 원한다면, 스스로에게 먼저 관심을 가져 주고 사랑해 보자.

변화하기에 삶이 달라진다

본인의 꿈꾸는 인생을 머릿속에 그려 보자. 그 속에 지금의 모습을 한 본인이 있는가? 아니면 세련되고 멋진 모습의 자신이 있는가? 아마 여러분들이 꿈꾸는 인생에는 멋진 사람이 되어 있을 자신의 모습을 상상할 것이다.

꿈꾸는 인생에 다가서는 방법 중 하나는 자신이 되고 싶은 모습을 체험하고 현실화하는 것이다. 지금과는 다른 멋진 삶을 살아가기를 바라면서도 우리는 아직도 자신을 변화하려 하지 않는다. 그러나 우리는 알아야 한다. 자신이 먼저 변화해야 인생도 달라지는 법이라는 사실을 말이다.

우리가 왜 좋은 자동차, 좋은 가방에 집착하는지 아는가? 남들에게 자신의 가치를 높게 평가받기 원해서다. 지금부터 자신의 가치를 올려 보자. 식당을 가더라도 모자를 쓰고 추리닝 차림으로 돌아다니기보다는 깨끗하게 세탁된 옷을 깔끔하게 차려입고 식당에 간다면 대우부터 달라질 것이다.

본인 스스로 높은 꿈을 꾸고, 또 그것이 실현되기를 바란다면 자신부터 변화하려는 노력이 필요하다. 외모뿐만 아니라 지금과는 다른 계획적인 생활 습관으로 자신의 인생을 점차 변화시켜 나가야 할 것이다.

6장

실패를
두려워하지 않는 연습

왜 실패하게 되는가

어떤 것에 도전했다가 실패한 경험은 한두 번쯤 모두 갖고 있을 것이다. 필자는 실패의 경험이 꽤 많다. 자격증에 도전했다가 떨어진 경우도 많고, 사업을 하다가 망한 적도 있다. 20대의 나이에 점점 쌓여만 가는 천 단위를 넘어 억이 넘어가는 빚은, 그야말로 상상하기도 싫은 수렁에 빠져 버린 듯한 기분이었다.

여러분들은 어떤 실패를 했고 또 어떤 기분이었는지 다시 한 번 떠올려 보자. 이런 좋지 못한 기분을 굳이 들추는 것은 과거에 왜 실패했었는지 알아보기 위함이다. 여러분들 각자 나름의 실패를 겪어 보았다면, 어떤 이유로 실패했는지 이유를 알아야 똑같은 실패를 반복하지 않을 수 있기 때문이다.

실패의 이유는 다양하지만, 대부분 쉽게 생각하고 준비되지 않은 상태에서 도전했기 때문에 실패하기 마련이다. 준비를 아무리 철저

청춘 RE PROCESS

히 한다 해도 실패할 수 있는데, 준비 없이 하다 보니 실패의 쓴맛을 겪게 되는 것이다.

만약 여러분이나 내가 사전에 철저한 준비를 했다면 이 같은 실패를 겪었을까? 도전하는 것은 좋다. 도전이 있어야 성공을 쟁취할 수 있기 때문이다. 하지만 무리한 도전, 무모한 도전은 실패만 초래할 뿐이다. 실패할 것을 아는데도 도전하는 것만큼 어리석은 짓은 없다.

그리고 기억하라. 그 실패에 빠져 멍하니 시간만 보내는 것은 더 어리석은 사람이며, 똑같은 실패를 반복하는 것은 가장 멍청한 사람이다.

실패 후
우리가 취해야 할 행동

실패를 맛보았다면 왜 실패했는지를 알고, 다시 시작하면 된다. 우리는 아직 젊다. 나이가 40이라 해도 아직 괜찮다. 맥도날드를 프랜차이즈 사업으로 성공시킨 레이 크록은 밀크셰이크 영업사원으로, 당시 나이가 52세였다.

그리고 우리는 레이 크록이 맥도날드 프랜차이즈 사업을 성공시킬 때보다 더욱 전문화된 21세기에 살아가고 있으며, 어떤 정보나 원하는 것이 있으면 세계 어디에 있든 직접 가지 않고도 얻을 수 있는 세상에 살고 있다. 그리고 무엇보다 우리는 100세 시대에 살고 있지 않은가?

기회는 아직 많고, 그 기회를 찾아내 것으로 만드는 것은 우리 본인의 몫이다. 실패에 마냥 주저앉아 있기엔 우리의 남은 미래가 아직 무한함을 알아야 한다.

그리고 또 하나 중요한 것은 실패 자체가 아니다. 본인이 실패하기까지의 과정에서 최선을 다했는지도 중요하다. 결과는 같은 실패라 할지라도 그 과정에서 정말 최선을 다했음에도 불구하고 실패했던 것인지 아니면 본인의 불성실이 실패의 원인인지, 그 과정의 차이에 따라 다음에 나아가야 할 방향이 달라지기 때문이다.

만약 '불성실'로 인해 실패를 맛보았다면 다시 그 일의 밑바닥부터 시작하여 기초를 탄탄히 다져 다시 도전해야만 동일한 실패의 반복을 피할 수 있을 것이다. 반면 최선을 다했음에도 불구하고 실패한 경우라면, 본인을 제외한 어떤 이유로 인해 실패를 겪게 되었는지를 분명히 파악한 후 다시 도전해 보길 추천한다.

어떤 일이든 최선을 다한다는 건 실패냐 성공이냐를 떠나서 우리 삶에 '소중한 가치'를 선물할 것이다. 그리고 한두 번의 실패로 모든 것이 끝난 건 절대 아니다. 그 실패를 본보기로 삼아 더 큰 성공을 해야 결국 자신이 주인공인 인생의 승리자로 남을 것이다. 영화 속 명대사가 생각이 난다.

"강한 놈이 오래 남는 게 아니라 오래 남은 놈이 강한 거더라."

영화 〈짝패〉에서 배우 이범수 씨가 한 말이다. 그렇다. 우리는 현재 강하지 않더라도 오래 버티다 보면 언젠가 강한 사람이 되어 있을 것이다.

그리고 또 하나, "실패는 성공의 어머니"라는 말이 있듯이 실패를 겪어 본 사람만이 '성공'할 수 있다는 점을 마음에 새기길 바란다. 평생 실패를 경험하지 않는 사람은 아마 없을 것이다. 인생을 살아가는 누구나가 작은 것이든 큰 것이든 실패를 겪게 되는데, 그 실패를 원

동력으로 삼아 성공으로 이끌 것인지 아닌지는 여러분 자신에게 달려 있다.

요즘 한창 TV에 많이 나오는 백종원 씨의 이야기를 들려주고 싶다. 그는 처음에 건설사업으로 승승장구하다가 IMF로 인해 빚이 17억 원에 달했다고 한다. 대부분의 사람들은 좌절로 인해 인생을 끝내려 했겠지만, 그는 달랐다. 마음을 다잡고 다시 쌈밥집부터 시작해 이제는 연 700억 원이라는 엄청난 성과를 내고 있다.

지금이야 엄청난 부자에, 미인 연예인 와이프까지 얻어 아주 행복한 하루를 보내고 있지만, 예전 17억 원의 빚을 지며 쌈밥집을 운영할 때에는 추운 겨울날 손님을 한 명이라도 더 받기 위해 아파트며 빌라에 전단지를 돌리다가 경비아저씨에게 뒤통수도 후려 맞았다고 한다. 역시 성공하는 사람은 무언가 달라도 다르다.

성공한 사람을 부러워만 할 것이 아니라, 여러분 자신도 그렇게 성공한 사람이 되기 위해 노력하고 또 노력해야 할 것이다.

실패해도 괜찮아, 다시 시작해

실패를 두려워하지 마라. 노래도 있지 않은가? "아직 우린 젊기에, 빛나는 미래가 있기에⋯⋯." 실패도 해 보고 작은 성공도 이루어 봐야 큰 성공을 할 수 있는 것이다.

최근 라디오에서 요즘 20대는 취업하면 성공이고 30대는 결혼하면 성공이라는 말을 들었다. 나는 이 방송을 듣고 정말 청년실업문제가 크게 대두되고 있구나 하는 생각이 들면서, 한편으로는 이런 생각을 했다. 결포 취업이 인생의 목표가 되어서는 안 되는데⋯⋯.

취업하고 결혼한다고 해서 '성공'했다고 해야 하는 것인가? 당연히 '아니다'. 만약 20대에 취업하지 못했다 하더라도 괜찮다. 만약 30대에 결혼하지 못한다 해도 괜찮다. 그리고 어떤 실패든 다 괜찮다. 당신은 지금부터 다시 시작할 수 있고, 언젠가 누군가 당신의 인생을 보고 같은 길을 걷길 원하도록 지금부터 만들어 나가면 된다.

'야구는 9회말 2아웃부터'라는 말이 있지 않은가. 당신이 만일 계속해서 도전하고 시도하길 멈춘다면, 아직 끝나지 않은, 아니 어쩌면 시작도 하지 않은 게임 속에서 작은 실패로 인해 게임 전체를 포기하는 것일 수도 있다.

2003년 전 국민의 인기를 한 몸에 받았던 〈다모〉라는 드라마에서 마지막 회에 극중 장성백 역의 배우 김민준 씨가 했던 명대사가 있다.

"길이 아닌 길은 없다. 한 사람이 가고 두 사람이 가면 길이 되는 것이지, 어찌 정해진 길을 가지 않았다 하여 잘못된 길을 걸었다 할 수 있겠는가."

정말 멋진 말이다. 다른 사람들이 가지 않은 길이라 해도 여러분이 처음 길을 만들면, 그 뒤로 누군가도 따라와 새로운 올바른 길이 될 수 있음을 기억하자.

실패도 결승점에 도착하기 전에 만나는 잠깐의 장애물임을 알고 바로 일어나 다시 결승점을 향해 도전하자.

7장

세상이
나를 속일지라도

세상이
나를 시험해도 괜찮다

하루에도 몇 통씩 스팸문자, 광고전화, 보이스피싱 등 기분 안 좋은 다양한 연락이 온다. 그리고 길거리를 지나가다 보면 복이 많으신 것 같다며 말을 걸어온다. 그리고 마음 약한 몇몇은 끝까지 그 사람에 대한 예의를 다하며 뿌리치질 못한다. 이렇게 세상은 여러분을 시험하려 한다.

이러한 세상 속에 살아가는 우리는 이제 이런 것들에 대해 좀 더 냉정하고 강인한 태도를 보일 필요가 있다. 경쟁사회에 길들여진 우리들은 양육강식의 세계라 하며 약한 사람들을 마구 괴롭히고 없는 사람들을 더욱 빈털터리로 만들어 버린다. 이런 현실은 싫다. 왜 힘든 사람들을 자꾸만 괴롭히는가?

그런데 중요한 것은 이러한 위험에 처한 누군가가 우리 주위의 사람이 될 수도 있고 나 스스로가 될 수도 있다는 점이다. 이제 냉정해

청춘 RE PROCESS

지자. 이런 나쁜 것들에 예의를 다할 필요는 없다. 강인한 정신으로 강하게 싫으면 싫다 표현하고, 그것이 안 된다면 차라리 무시해 버려라. 강한 무시는 부정을 나타내므로 다시는 여러분들을 괴롭히지 못할 것이다.

현대 사회에 들어와 디지털의 발달로 인해 해킹 등을 통해 연락처나 신상정보가 당사자도 모르게 도용되고 있는 현실이다. 이런 것들을 모조리 차단할 순 없지만 대처할 수는 있다. 정신을 바짝 차리고, 세상의 나쁜 것들을 무시할 수 있는 힘을 기르자.

옳은 일을 하는 것을
부끄럽게 여기지 마라

자신에게 낚시를 가르쳐 준 고마운 할아버지가 물안개에 갇혀 길을 잃을까 봐, 밤새 홀로 냄비를 두들긴 소년, 대학입시를 앞둔 딸이 무사히 합격하기를 바라며 수화로 기도하는 벙어리 엄마, 눈길에 미끄러져 혼수상태가 되어 버린 아들을 생각하며, 그런 비극이 다신 없어야 한다고 눈 내린 다음 날이면, 어김없이 육교의 눈을 치우는 할아버지.

저자 이철환의 『연탄길』은 우리 이웃들의 가슴 찡한 실제 이야기를 담아내 360만 독자를 감동시켰던 책이다. 이외에 도 수많은 우리 이웃들의 이야기들이 하루에도 수없이 많이 전해진다. 때론 울고 때론 웃으며 현실을 살아가는 우리는 어떻게 삶을 살아야 할까?

아주 작은 일이라도 좋다. 사람 마음이라는 게, 힘든 사람이 있으면 도와주고 싶은 마음이 드는 것이 인지상정이다. 이럴 때에는 본인이 먼저 나서면 된다. 다른 사람들의 시선이 부끄러워 옳다고 생각하는 일을 하지 못한다면 본인이 하고 싶은 것, 이루고 싶은 꿈을 성취할 수 있겠는가?

사람마다 옳음의 기준은 다르며, 옳다고 생각하는 것은 각기 다르다. 하지만 모두가 알고 있다. 옳은 것은 사회를 그리고 우리의 이웃 누군가를 행복하게 해 줄 수 있다는 것을⋯⋯. 도와줄까 말까 하는 마음에 서로 눈치만 보는 사람들이 우리 주위에는 너무나 많다. 우리가 먼저 나서면, 다른 사람들도 용기를 낼 것이다.

굳이 내가 먼저여야 할 이유는 없다. 하지만 굳이 내가 먼저라면, 그 어떤 사람보다도 더 큰 보람과 뿌듯함을 느낄 수 있지 않은가? 어차피 행할 옳은 일이라면 부끄러워하지 말고 먼저 용기를 내어 보는 건 어떨까?

베풀기의 마음가짐

누구에게나 남에게 베풀려는 마음은 하나씩 가지고 있을 것이다. 이것은 여러분이 따뜻한 마음을 가진 사람이라는 증거다.

필자는 마음이 따뜻한 사람을 좋아한다. 그래서 나 스스로가 마음이 좀 더 따뜻한 사람이 되기 위해 노력한다. 남에게 베푸는 행동은 그 사람을 위해서 작은 것 하나라도 도움을 주려는 마음이다. 이런 마음은 도움을 받는 사람으로 하여금 다시금 살아갈 수 있는 희망과 용기를 준다.

베푸는 데 있어서 가장 큰 즐거움은 바로 베풂을 행하는 본인 스스로가 가장 큰 혜택을 본다는 것이다. 그 혜택이란 스스로에게 당당하고 자신은 꽤 괜찮은 사람임을 느끼는 것이며, 동시에 도움을 받는 사람들의 행복한 눈물과 웃음이 본인에게는 큰 즐거움으로 다가온다는 것이다.

청춘 RE PROCESS

베풀기는 도움을 받는 사람보다 베푸는 사람이 더 행복하고 따뜻한 마음을 얻을 수 있는 최고의 방법이다. 그런데 사람들은 말한다. 내가 더 힘들고 위로가 필요하며, 베풀 수 있는 능력이나 여건이 되지 않는다고……. 하지만 본인을 위해서 작은 것 하나라도 실천할 수 있으면 된다.

베풂은 남을 위해서가 아니라, 나 스스로를 위해서 하는 것이다. 꼭 그 베풂이 금전적인 것일 필요는 없다. 금전적인 도움을 줄 수 없다면, 따뜻한 위로와 격려 한마디를 나보다 더 힘들고 지쳐 있는 사람에게 전하면 되는 것이다.

마음을 열고 주위를 둘러보자.

나보다 힘든 상황에 있는 많은 사람들이 남에게 도움을 주고 있다는 사실을 알 수 있을 것이다. 그리고 시장에서 못 먹고 못 입으며 힘들게 노력하여 모은 자신의 전 재산을 어려운 이웃을 위해 사회에 환원하는 분들의 소식도 들을 수 있다.

결코 쉬운 일이 아님을, 여러분 모두 알 것이다. 이런 분들이 계시기에 누군가는 다시 살아갈 용기를 얻고 새 삶을 꾸려 나갈 수 있는 것이 아닌가. 여러분의 조그만 베풂이 누군가에게는 삶을 살아가는 희망의 끈이 될 수 있다.

누군가를 위해서라기보다 본인을 위해 본인이 행복하려 베풂을 나누어 보자.

8장

인간관계에 대해서

안부 인사 전하기

바쁘게 돌아가는 일상 속에 누군가에게 일부러 연락을 한다는 것은 생각보다 어렵다. 그리고 자주 만나는 사람이 아니고서는 어색하기만 하다. 연락을 해서 뭐라고 말해야 할지 몰라, 선뜻 연락하기가 어렵다.

안부 인사는 특별한 날만 하는 것이 아니다. 보통 일상생활을 하면서 요즘은 어떻게 생활하고 있는지, 행여나 무슨 일은 없는지 물어보는 것이다.

조금 아는 사람에게까지 안부를 물을 필요는 없다. 안부 이사는 진심으로 그 사람이 궁금할 때 하는 것이다. 그리고 그 사람에게 현재 어떤 어려움이 있는지, 만일 어려움이 있다면 도와주려 노력하고 위로하며 격려해 주는 것이다. 그리고 만일 좋은 일이 있다면, 같이 축하해 주는 진심어린 행동이 바로 안부 인사이다.

청춘 RE PROCESS

그 사람이 본인에게 소중한 사람이라고 생각한다면, 안부 인사를 전하라. 여러분이 진심으로 연락하면 그 진심이 연락받은 사람에게 까지 닿아 좀 더 특별한 사이가 될 수 있을 것이다. 매일 안부를 필요는 없다. 일주일에 한 번 혹은 한 달에 한 번, 부담을 느끼지 않는 선에서 연락하면 된다.

보고 싶은데 서로 바빠 볼 수 없어서 연락하는 것인 만큼, 여러분은 자기 자신도 모르는 사이 외로움은 사라지고 사랑받는 느낌도 받을 수 있을 것이다. 무리해서 연락할 필요는 없으며, 하기 싫은 사람에게까지 연락할 필요도 없다. 그저 본인이 연락하고 싶은 사람에게 하루 한 명씩은 연락해 볼 수 있지 않을까?

습관을 갖는다면, 이 안부 인사 전하기가 하루의 활력이 될 수도 있다. 오늘부터 본인이 좋아하는 사람에게 연락해 보자. 무척 반가워 할 것이다.

좋은 사람, 나쁜 사람

세상에 좋은 사람도 많고 나쁜 사람도 많다. 누군가에게 피해를 입히는 어떤 사람도 누군가에게 좋은 사람이 될 수 있고, 반대로 누군가에게 좋은 사람도 어떤 이에게는 나쁜 사람으로 여겨질 수도 있다.

그렇다면 좋은 사람과 나쁜 사람은 어떻게 구분 짓게 되는가? 모두 본인이 정하는 것이다. 조금 더 쉽게 말하면, 본인에게 피해를 주는 사람은 본인의 기준에서만 나쁜 사람이며 본인에게 이득을 주는 사람은 본인의 기준에서만 좋은 사람으로 구분된다는 것이다.

하지만 이렇게 내 주위의 사람들을 좋은 사람과 나쁜 사람을 구분 짓다 보면, 한 가지 오류를 범하기 쉽다. 정작 본인은 내가 아닌 다른 사람들에게 어떤 사람으로 비춰지는지 모른다는 것이다. 남을 구분 짓기 전에 자기 자신을 먼저 돌아보자. 자기 자신은 다른 사람들에게 어떻게 평가되고 있는가? 만일 자신은 좋은 사람이라고 생각한다면 그 근거는 무엇인가?

어려운 질문이며, 답하기 곤란할 수도 있다. 그렇지만 이 해답을 찾는다면, 여러분 주위의 많은 사람들이 당신을 따르고 신뢰하며, 당신이 축하받을 일이 있다면 모두가 축복해 줄 것이다.

그리고 이제는 남들을 좋은 사람, 나쁜 사람으로 구분 짓는 것을 멈춰야 한다. 앞에서 말한 것처럼 동일한 사람이라 할지라도 개개인의 기준이나 입장에 따라 사람마다 다를 수 있다.

다른 사람들을 먼저 구분 짓기보다는 스스로 다른 사람들에게 좋은 사람이 될 수 있도록 노력하는 것이 좋다. 모든 사람에게 좋은 사람이 되려 노력한다면, 다른 모든 사람들도 당신에게 좋은 사람이 되려 노력할 것이기 때문이다. 남보다 자신을 먼저 좋은 사람으로 변화하는 게 더 쉽다는 것을 알아야 한다.

가족을
우선순위로 생각해라

　가끔 "가족이 가까운 이웃보다 못하다."는 말을 들어 본 적이 있을 것이다. 이런 말이 나오게 된 배경에는 남들에게는 친절하고 잘하는 사람이 가족에게는 잘하지 못하는 경우가 많은 데에서 비롯되었다. 가족이기에 더욱 소중히 여겨야 하고 사랑하고 보살피고 관찰해야 하는데, 너무 가깝고 항상 곁에 있을 것 같기에 투정도 부리고 화도 내고, 게다가 하지 말아야 할 행동까지도 서슴지 않고 가족 앞에서 하게 되는 것 같다.

　여러분들은 어떤가? 여러분이 사랑하는 부모님과 형제자매, 조부모님께 어떻게 대하고 있는지 자신의 모습을 성찰해 보자. 동생에게는 자신이 하기 싫은 일을 하라고 이것저것 시키며, 부모님께는 어리광을 부리며 괜히 짜증 부리고 있지는 않은가?

　다른 어떤 이들보다 가장 잘해야 하는 것이 바로 가족이다. 밖에서

120　　　　　　　　　　　　　　　　　　　　　청춘 RE PROCESS

는 좋은 사람인데 집에서는 행동이 다르다면 좋은 사람인 척하는 것이지, 결코 좋은 사람이 아니다. 가족이 정말 남보다 못한 존재가 되어 버리는 것이다.

여러분들이 아프거나 힘들 때 가장 먼저 달려와 주는 것은 누구일까? 친구도, 애인도 아닌 가족이다. 따라서 다른 사람들에게 잘하는 것 이상으로 가족을 생각하고 가족에게 잘해야 한다.

나이가 하나둘 더 먹어 갈수록 가족의 소중함은 더욱 깊어지게 마련이다. 먼 훗날 항상 곁에 있어 감사한 줄 몰랐던 가족들이 하나둘 곁을 떠날 때, 그제야 비로소 후회하게 될지도 모른다. 오늘 하루 식사 한 끼부터 가족들과 다정하게 먹어 보는 것은 어떨까?

나만의 행복이 아닌,
같이 행복한 것

가끔 "나만 즐겁고 행복하면 다"라는 식의 사람을 마주치게 된다. 남에게 피해를 주든 말든 자기만 편하고 자신만 즐겁다면 아무 상관없는 사람.

이런 사람은 모든 사람들이 싫어한다. 이런 사람들은 '자기애'가 너무 강해 자기 자신을 너무 사랑하는 나머지, 다른 사람들을 수단시하기 쉽다. 다른 이들을 자신이 편리하기 위한 수단으로 생각한다면, 어떤 이가 그의 곁에 있고 싶고 좋아 하겠는가?

사회를 살아가는 데 있어서 나 자신만 행복하면 다가 아니다. 자신의 주변에 있는 사람들과 같이 행복해야 행복도 두 배 세 배 커지는 것이다. 행복과 즐거움은 강한 전파력이 있어서 혼자 행복해 하는 것보다 여럿이 같이 행복하고 즐거움을 느낄 때 그 파장이 더욱 커진다. 그래서 더욱 큰 행복함과 행운이 돌아오게 마련이다.

예를 들면, 혼자 어떤 재미있는 영화를 보면 피식 하고 웃을 것을 여럿이 같이 보고 즐거움을 느끼면 그 파장으로 왁자지껄 웃음보가 터진다. 참으로 신기하지 않은가? 모두가 행복하면 나의 행복의 크기가 더 커진다는 사실이……

이제부터라도 여러분이 더욱 행복해지길 원한다면, 다 같이 행복해질 수 있는 방법을 생각하고 행동해 보자. 장담하건대, 아마 즐거운 시간이 될 것이다.

경쟁하려 하지 말고
본인만 보라

　현대 사회는 무한 경쟁 시대이다. 같은 반 친구라도 1등과 꼴등이 존재하며, 유한한 자원에 도전하는 사람들은 본인이 얻고자 치열하게 경쟁하고 싸우고 결국 승자와 패자로 나 뉜다.

　이런 불필요한 행동은 이제 그만하자. 우리는 어릴 적부터 이미 이런 경쟁 속에서 힘겹게 자라 오지 않았는가? 상위 등수를 차지하기 위해 어떻게든 바로 옆 친구들보다 높은 점수를 얻기 위해 치열하게 경쟁해 왔다.

　물론 경쟁 자체가 나쁜 것이라고 생각하지는 않는다. 하지만 경쟁에서 지지 않기 위해 정작 중요한 것들을 잊어버리고 승리자가 되기 위한 투쟁을 하는 것이 잘못된 것이라는 것이다. 우리는 이제 성인이다. 성인이면 성인답게 경쟁과 투쟁을 위해 힘쓰기보다는 더욱 중요한 '자기 자신'을 위해 신경을 썼으면 좋겠다.

이제 경쟁자들을 보며 신경 쓰기보다 자기 자신이 중요시하는 목표를 향해 그리고 유한한 자원을 손에 넣기 위해서 스스로가 어떻게 해야 하는지를 신경 쓰자. 자신에게 부족한 것이 있는지, 만일 부족한 것이 있다면 그 부족한 것을 어떻게 하면 채워 넣을 수 있는지에 초점을 맞춰라. 초점이 외부가 아닌 내부에 맞춰질 때, 남들에게는 없는 더욱 높은 자기 가치와 경쟁력이 스스로 생겨날 것이다.

그리고 그렇게 된다면 남들보다 분명 한 단계 이상 앞서 있을 것이다. 애써 남들과 경쟁하려 하지 말고, 어제의 나와 경쟁하자.

적을 만들지 말라

사회생활을 하는 여러분 모두가 공감할 만한 이야기를 하겠다. 사회에 나와 진정 마음이 맞는 친구를 몇 명 사귀었는가? 아마 거의 없지 않을까 생각한다. 정말 많아 봐야 5명 내외다. 지금 현재 자주 만나고 좋아한다고 해서 죽마고우처럼 속마음을 모두 털어놓는 사이가 되는 것은 아니다.

이렇게 사회에서 진정한 친구 만들기란 정말 어렵다. 하지만 적을 만드는 것은 너무나 쉽다. 말 한마디 잘못하면 바로 쌍심지를 켜고 달려들 것이다. 그래서 진정한 친구를 만드는 것보다 적을 만들지 않는 것이 더욱 쉽다.

적이 많으면 많을수록 앞으로 나아가는 길목마다 장애물이 생긴다고 생각해 보자. 이쪽으로 가도 장애물이고 반대방향으로 가도 장애물이 기다리고 있다면, 도대체 어느 길로 가야 하는가?

반면 적이 없는 사람들은 가는 길에 장애물이 없으며, 오히려 가는 길목에 뜻하지 않던 행운이 기다리고 있을 수도 있다. 일부러 적을 만들어 자신이 하고자 하는데 장애물을 만들 필요는 없지 않은가? 이왕이면 자신에게 보탬이 될 수 있도록 지원군을 만들어 두는 것이 훨씬 사회생활을 하는 데 유리할 것이다.

세상에는 여러 가지 길이 있고, 주위의 어떤 이가 어떤 방향으로 어떤 삶을 살게 될지 모른다. 서로 다른 여러 가지 길을 걸어감에 따라 서로 다른 것을 경험하고 갖고 있는 것들도 다르기 때문에 내가 가는 길에 지원군으로서 도움을 받을 수 있도록 하여야겠다.

사회생활을 하는 데 있어 적이 없다는 것은, 그만큼 자신이 주변 사람들과 잘 지내고 있다는 증거이다. 그러니 적이 없고 주변에 사람들이 많으면 자기 자신을 얼마든지 칭찬해도 된다. 인간관계를 잘한 것이고, 그것 또한 쉽게 가질 수 없는 능력 중 하나이기 때문이다.

모든 사람은
자신이 존중받길 원한다

"상대방을 이해하라는 것이 무조건 그쪽 의견에 동의하거나 당신이 틀리고 그 사람이 옳다고 말하는 게 아니다. 그 사람의 말과 행동을 인격적으로 존중해 주라는 뜻이다. 상대방의 입장, 그 사람이 옳다고 믿고 있는 사실을 충분히 그럴 수 있다고 귀 기울이고 받아들이라는 것이다."

– 조나단 로빈슨

　누구나 다른 사람으로부터 존중받길 원한다. 이러한 존중은 배려나 사랑으로 나타나는데, 그래서 사람들은 자신의 말이 다른 사람들로부터 긍정적인 반응을 얻거나 동의를 구했으면 하고, 사랑받길 원한다. 더 많은 사랑을 받기 위해 욕심을 부리고 질투와 시기를 하게 되는 것도 이 때문이다.

　그러나 존중받길 원한다면 존중하는 법부터 알아야 하고, 존중하는 법을 알기 위해선 자기 자신을 먼저 존중해야 한다. 자신이 하고 있는 노력을 존중하고 배려하고 사랑해야 한다. 자기 자신을 존중한 다면 자존감이 높아지고, 그 자존감은 자신을 사랑하면서 사랑받을 수 있다는 믿음을 준다. 또한 자신은 어떤 일도 이루어 낼 수 있다는 자신감이 생기게 된다.

당당하고 자신감 있는 사람에게는 다른 사람들을 배려하고 존중할 수 있는 여유가 있다. 결국 자신을 존중하지 않으면 남들에게 존중받을 수 없다. 자기 자신의 현재를 존중하고 사랑하라.

9장

사랑하는 친구와
더 사랑하는 이성 친구

주변 친구는
본인의 거울이다

여러분의 주변을 한번 둘러보자. 그리고 주변에서 가족을 제외한 가장 가까운 친구나 선후배 그리고 지인들을 살펴보자. 그리고 그들은 어떤 것을 좋아하고, 어떤 취미가 있으며, 어떤 태도를 가지고 있는지 생각해 보자. 자기 자신과 가까울수록 그 사람과 자신이 비슷하다고 생각하면, 스스로를 파악하는 데 많은 도움이 될 것이다.

물론 완전히 같다는 것은 아니다. 다만 친한 사이일수록 비슷한 성향을 갖고 있을 가능성이 많고, 그 사람과 마음이 맞기에 생활 패턴도 비슷할 수 있으니, 자기 스스로 나는 어떤 사람인지에 대해 알기 위해서는 자기 자신과 가까운 사람을 살펴보는 것이 좋겠다.

예를 들면, 게임을 좋아하는 사람들 주위에는 게임을 하는 사람들이 많고, 술을 좋아하는 사람들은 술을 좋아하는 사람들끼리, 공부를 잘하는 사람들은 공부 잘하는 사람끼리 모이게 되어 있다는 것이다. 자기가 관심 있는 분야나 주로 하는 활동에 대해 서로 의논하는 동안 공통점으로 인해 더욱 각별한 사이가 되기 때문이다.

성인이 되어서는 조금 다를 수도 있다. 학창시절 정말 친한 사람들이더라도 성인이 되어 어느 시점에서 본인만의 개성이 만들어지게 되는데, 본인만의 개성을 살려 더욱 발전된 사람으로 탄생되어야 할 것이다.

주변 친구는 나 자신의 거울과도 같다. 자신과 공통점이 있기에 서로 끌리는 것이므로 지금보다 더 발전된 나 자신을 만들기 위해서는 가까운 친구나 지인에서의 장점은 본받고, 단점이라 생각되는 것은 본인 스스로 고쳐 나가야 할 것이다.

지금 이 책을 읽고 있는 사람들이라면 분명 지금과는 다른 삶을 살고 싶고, 또 자신의 분야에서 '성공'하고 싶은 사람들일 것이다. 그러기 위해서는 본인 스스로를 업그레이드시킬 필요가 있다. 자신의 어떤 점들을 발전시킬지는 주위 사람들을 보며, 본인만의 개성과 장점을 더욱 고양시켜야 할 것이다.

친구의 선을 정하라

최근 초·중·고생들의 이야기가 사회에서 많이 이슈화되었다. 신조어인 '중2병'을 시작으로, 예전보다 학생들의 신체적·정신적 발달수준도 높아진 것이 사실이다. 하지만 역시나 드는 생각은 아직은 '어리다'는 것이다. 본인은 장난이라 하면서 다른 친구들을 괴롭히는 행동은 상식으로는 받아들일 수 없는 정도에까지 이른 것 같다.

20살이 넘어 성인이 된 후에도 아직 이러한 '어린 행동'은 고쳐지지 않은 사람들이 많은데, 친구니까 참아 주는 것은 한 번이면 족하다고 생각한다. 본인이 생각하기에 도를 넘어서는 행동이나 언행을 했다면 그 자리에서 즉각 싫다는 말을 하고, 다시는 그런 장난을 하지 못하도록 해야 한다. 그럼에도 불구하고 만일 그 친구가 반복적인 행동을 하게 되면, 냉정하지만 그 친구는 만나지 않는 게 좋다.

친구를 만듦에 있어서 어떤 제약이나 규칙을 정하는 것은 아니지만, 여러분에게 피해를 입히는 친구라면 굳이 만날 이유가 없다. 괜히 시간만 허비하고 감정만 상하게 되므로 차라리 냉정해질 필요가 있다고 생각한다. 그리고 먼저 스스로를 돌아보고 생각해 보기 바란다. 혹시 본인도 주변 사람들에게 피해를 입히고 있는 사람인지 아닌지를……

필자에게 있어 '친구'란 아주 소중하다. 어릴 적부터 사업을 하면서 가족을 제외하고 도와주는 사람 없이 대부분 혼자 결정하고 혼자 판단하다 보니, 시행착오도 많고 실패도 많았다. 그때마다 내게 힘이 되어 준 건 소중한 친구들과의 즐거운 만남이었다.

물론 친구들도 아직 어렸기 때문에 선택과 충고를 해 줄 수는 없었지만, 같이 슬퍼하고 위로해 주고 혼자서는 할 수 없는 일들을 아무런 조건 없이 도와주었다. 아마 내 주변에 이런 친구들이 없었다면, 지금의 나는 어쩌면 없었을지도 모른다.

반면 필자 주변에도 분명 나를 불편하게 만드는 친구들도 있었다. 그때마다 나는 이 친구를 계속 만나야 하나 말아야 하나를 두고 고민했다.

그러나 정답부터 말하자면, 시간이 약이다. 굳이 만나지 않아도 된다. 본인이 싫으면 무시하면 된다. 그럼 자연히 해결된다.

그리고 정말 진정한 친구들은 오랜만에 봐도 하나도 이상하거나 어색해질 일이 없다. 그러므로 굳이 해야 할 일들이 있는데도 불구하고 억지로 친구를 만나기 위해 시간을 내며 애쓸 필요는 없다. 그저 서로 시간이 맞을 때 보고 가끔 전화 통화만 하더라도 진정한 친구들은 변하지 않는 법이다.

가끔 친구들과의 친밀도를 만나는 횟수로 정하는 사람들이 있다. 그리고 자신의 일보다 그리고 가족이나 사랑하는 애인보다 친구가 우선순위인 사람들이 있다. 필자를 예로 들면, 나와 친한 친구들은 모두 같은 생각을 한다. 친구에게 조금 소홀할지 몰라도 본인의 일을 해야 한다는 것이 맞고, 가족이나 사랑하는 애인이 우선이 되어야 한다는 것도 맞다. 그렇기 때문에 서로 이해하며 서운해 하지 않는다.

여러분들 주변에도 이런 사람들이 많았으면 좋겠다. 그리고 여러분 스스로도 그렇게 생각했으면 좋겠다. 진정한 친구는 조건 없이 협력해 주고 위로해 주며 같이 웃어 줄 수 있는 사람이어야 한다.

친구가 잘되면 배 아파하고 질투하는 것은 나이와 상관없이 아직 스스로 '어린 사람'임을 나타내는 것에 불과하다. 이제 스스로 성인이 되어 새로운 인생을 살아 볼 때이다.

이성 친구의
외부적 조건을 만들지 말자

혹시 여러분들 중 조건을 따져 가며 이성 친구를 정해서 만나는 사람이 있는가? 아마 이런 사람이 거의 없을 것이라고는 생각하지만, 혹시라도 그런 사람이 이 글을 읽고 있다면 이렇게 말해 주고 싶다

"본인 스스로는 떳떳한, 남부럽지 않는 외모, 학벌, 집안을 갖고 있는가?"

외모가 전부가 아니다. 물론 이성 친구와 교제하기 전, 사람이라면 누구나가 이것저것 따져 볼 수밖에 없다. 하지만 이것저것 생각해 봐야 할 것이 이성 교제할 친구가 되어서는 안 된다.

예를 들어서 "내 마음은 이 친구가 너무 좋아. 하지만 이 친구는 생활이 너무 어려워.", "집이 못살아.", "학력이 낮아서 나랑 수준이 맞지 않아." 등등 외부적인 조건을 따지지 말자는 것이다. 외모나 마음이 아닌 '부'나 '학력'으로 자신만의 조건을 만들지 말라는 것이다.

물론 연애도 포기한다는 요즘, 이런 현실적인 조건을 어떻게 고려하지 않을 수 있겠는가. 이성 교제조차도 '빈익빈 부익부' 시대인 것도 알고 있다. 높은 물가에 비해 부족한 임금으로 개인 생활비도 부족한 현재, 어떻게 연애까지 할 생각을 하느냐고. 그리고 돈도 없는 사람하고 어떻게 만날 수 있냐고 말이다.

하나만 말하자. "그럼 만나지 말라. 이렇게 변명할 거라면, 그냥 혼자 살아라." 속으로 이런 말이 나오는 것이 사실이지만, 이 또한 필자는 포용하겠다. 그럼 다시 생각해 보자.

필자는 "사랑은 돈으로 하는 것이 아니다."라는 구시대적 생각을 아직도 한다. 실제로 사랑은 돈으로 하는 것이 아니라, 마음으로 하는 것이 맞다. 돈이 많으면 더욱 사랑할 수 있을 것 같지만 오히려 그 반대이다. 서로 물질적인 것만 추구하게 되고, 이것저것 셈하며 따지는 동안 자연스레 마음을 주지 않게 된다. 게다가 그저 만나는 것 자체를 즐기기 위해 만나는 것이지, 사랑하려 만나는 것이 아니게 될 수도 있다.

필자도 몇 번의 연애 경험을 통해 보고 느낀 점이다. 사랑은 돈으로 하는 것이 아닌 마음으로 하는 것이다. 그리고 가장 중요한 것은 이런 물질적인 사랑이 아닌 마음으로 그냥 좋아서 사랑할 수 있는 이성 친구가 있어야 한다는 것이다. 조건 없이 '그냥' 좋아해야 한다.

이것도 어렵다는 것은 알고 있다. 모든 조건을 배제하고 그 사람이 좋아서, 그 사람과 이야기하고 싶고, 그 사람과 행복해지고 싶고, 그 사람과 사랑하고 싶은 마음. 이게 조건 없이 사랑하는 가장 어려운 방법이자 가장 쉬운 방법인 것 같다. 조건을 만들면 그 조건 때문에 온전히 사랑할 수 없음을 알아야 한다.

자, 그럼 이성 친구를 만들어야 하는 이유에 대해서 알아보자. 참 좋지 않은가? 남들은 포기하라는 연애를, 필자는 오히려 추천하니 현재 이성 친구가 있는 친구들에게는 희소식이 아닐 수 없다.

첫째, 이성 친구는 스스로를 강하게 만든다. 대부분의 사람들은 이성 친구에게 잘 보이고 싶어 한다. 그래서 그 누구보다 이성 친구에게 실망스런 모습을 모이고 싶지 않기 때문에 스스로를 더욱 부추겨 열심히 하게 만든다.

둘째, 기쁨과 용기를 얻는다. 이성 친구가 있으면 힘들 때 그리고 우울할 때 기쁨과 용기를 얻을 수 있다. 바로 사랑으로.

물론, 이성 친구가 있음으로 인해 생기는 단점들도 있다. 하지만 이성 친구 또한 남들과 다른 삶을 살기 바라고 노력하는 사람이라면, 절대 서로를 힘들게 하지 않을 것이라 확신한다. 오히려 힘이 되어 줄 것이다. 나의 아내처럼 말이다.

배울 점이 있는 사람,
존경받을 수 있는 사람

이성 친구를 사귈 때 사람들은 어떤 부분에서 매력을 느끼게 되는 가? 대부분 외모일 것이다. 그다음은 나랑 비슷한 성격 또는 나와는 정반대의 성격을 가진 사람에게 끌리는 매력을 느낄 것이다.

이런 것들을 완전히 배제하라고 할 순 없다. 하지만 하나만 더 생각해 보기 바란다. 이 사람은 배울 점이 있는 사람인가? 내가 존경할 수 있는 사람인가? 어렵게 생각하지 마라. 그 사람이 나보다 더 나은 무언가만 있으면 된다.

예를 들어, 인내심이 강해 끝까지 포기하지 않는 사람이라거나, 처음 접하는 것에 의연하게 먼저 행동하는 자발성 등 나에게는 없는 매력이 있는 사람을 택한다면 좋을 것이다.

물론 본인 스스로도 이성 친구에게 배울 점이 있는 사람, 존경받을 수 있는 사람이 되어야 한다. 본인의 강점은 무엇인가? 인내심? 끈

청춘 RE PROCESS

기? 아니면, 용기? 각자의 매력을 좀 더 극대화하고 매력으로 어필해야 한다.

실제로 이런 사람들은 외모와 상관없이 인기가 많은 경우가 많다. 본인 스스로 내부적으로 남들에게 존경받을 수 있게 항상 노력하므로 다른 사람들이 보았을 때는 자신감 있어 보이고 또 그것이 매력으로 어필될 수 있으므로 다른 사람들로부터 인기가 있을 뿐만 아니라, 주변에 좋은 사람들도 많다.

자, 그럼 지금부터 배울 점이 있는 사람들을 잘 찾아 내 이성 친구로는 어떤지 생각해 보자. 아니면, 본인 스스로가 남들에게 존경받을 수 있는 사람이 되어 보자. 분명 좋은 인연이 나타날 것이다. 오늘이 될 수도 있고, 내일이 될 수도 있다. 분명한 건 준비된 자에게 기회가 온다는 것이다.

불같은 사랑은 금방 꺼지기 쉽다
천천히 그리고 꾸준히 사랑하라

사랑은 사람들에게 강력한 힘과 용기를 준다. 하지만 그 사랑에 아파하고 슬퍼하며 사람을 죽기 직전까지 내모는 것도 사랑이다. 사랑에 나이는 없다.

최근까지 방영했던 주말 드라마 〈애인 있어요〉의 이야기다. 정말 뜨거운 사랑을 하고 그 사랑 때문에 죽을 것처럼 아파하고 목숨까지 위태롭게 만드는……. 보고 있자면 몰입도가 정말 끝내준다. 못 보신 분들을 위해 설명하자면, 드라마 줄거리는 대략 다음과 같다.

결혼을 한 상태의 남자가 있었다. 아내보다 젊은 아가씨에게 마음이 끌린 남자는 현재의 아내에게 이별을 선언한다. 이별을 선고받은 아내는 남편에 대한 그리고 사랑에 대한 배신감으로 치를 떨게 된다. 아내가 죽음에 처했다는 사실을 알게 된 남편은 실의에 빠지게 되고, 다시 본래의 아내를 그리워한다.

그 후 죽음에 처했다고 알려진 아내는 기억상실증에 걸려 다시 남편 앞에 우연히 나타나고, 남편은 본인의 아내라 확신하고 그 여자를 다시 사랑한다. 기억을 차츰 차리게 된 아내는 배신감을 기억하지만, 남편과 아내는 다시 뜨겁게 이제 절대 헤어지지 않음을 맹세한다.

어찌 보면 막장 드라마 내용인 것 같지만, 필자는 이 두 배우의 열연에 울고 웃고를 반복하며 '사랑'의 힘은 역시 강하다고 생각했다. 이처럼 사랑은 그 무엇과도 바꿀 수 없는 것이다. 하지만 요즘 현실에서는 너무 쉽게 사랑하고 이별하기를 반복한다. 그리고 이성 친구를 너무 쉽게 선택하고 후회한다.

불같은 사랑은 하지 말라는 게 필자가 여러분에게 하고픈 말이다. 위의 남편과 같이 너무나 뜨겁게 사랑하다가도 누군가 더욱 매력적으로 보이는 사람이 있으면 마음이 변하기 쉬운 게 사람 마음이다. 한순간의 마음으로 열정적으로 뜨겁게 사랑하기보다는 꾸준히 변하지 않는 사랑을 해야 한다.

물론 거짓된 사랑은 안 된다. 그 사람에 대해 최선을 다해야 하고, 그 마음이 변치 않도록 노력해야 한다. 한두 달 만나고 헤어지는 사랑은 사랑이 아닌 잠시의 착각에 불과하다.

사랑에 빠지면 단점이 있다. 모든 것이 그 사람 위주로 바뀌고, 그 사람만 생각나고, 그 사람이 최우선 순위가 된다는 것. 하지만 우리는 성인이고 천천히 꾸준히 사랑해야 하므로 본인이 해야 할 일을 하면서 사랑하는 것이 전제되어야 함을 알려 주고 싶다. 모든 것을 포기하기에는 스스로의 삶이 너무 허무하지 않은가? 사랑은 서로 플러스알파가 되어야 한다. 필자는 그래서 행복하다.

현재 나의 아내는 필자에게 신뢰와 용기를 주고, 또 내가 이루고자 하는 꿈에 같이 협력해 준 아주 소중한 사람이다. 여러분들도 부디 천천히 오래도록 사랑하여, 그런 멋있고 예쁜 사랑을 할 수 있기를 바란다.

헤어짐에 유연해지자,
슬픔 벗어나기

가끔 주변 친구들로부터 연락이 온다.

"어디냐? 뭐해? 나 ○○이랑 헤어졌다. 술 한 잔 하자. 나와."

그리고 이런 친구의 전화 또한 거절하지 못하고 끝내 나간다. 하지만 나 또한 그랬듯 레퍼토리는 거의 비슷하다. 결국엔 슬프고 힘들고 보고 싶다거나 그 사람이 나쁘다거나, 대충 그저 그런 이야기들이다.

소중한 친구가 힘들어하니 한 번, 두 번 같은 이야기로의 술자리 괜찮다. 하지만 너무 오랫동안 이런 시간이 지속되면, 본인도 힘들고 주변 사람들도 마찬가지로 힘들어진다.

이런 친구들에게 가장 빠른 치료제는 다른 사람과의 또 다른 사랑이다. 사랑의 아픔은 사랑으로 치료 될 수 있다. 아마 우리 모두 아는 사실일 것이다.

하지만 지금 헤어진 사람과의 추억과 아직 너무나 사랑하는 마음

때문에 이별을 부정하고 싶고, 아파하고 힘들어하는 것 이다. 다른 사랑을 하기 전에 우리는 어떻게 하면 이런 아픔을 견딜 수 있을까?

해결책 하나! 시간을 정해 놓고 아파하라.

무한정 아프지 않을 때까지 슬퍼하는 것은 미련하다. 언제 까지고 자신을 괴롭히고 주변을 괴롭힐 것이다. 헤어진 후 아무것도 보이지 않고 아무것도 하기 싫을 때, 그저 딱 일주일만 아파하자. 그 사람에 대한 사랑과 추억 모두 딱 일주일만 집중해서 추억하고, 이제 잊고 새로운 출발을 위해 또 다른 사랑을 받아들이기 위해 나를 재충전해야 한다. 아파만 하면 나아가질 못한다. 일주일간만 충분히 아프고 추억하라. 그것이 헤어진 사람에게도 좋고, 나에게도 좋다.

해결책 둘! 정신없이 일이나 운동, 취미에 몰두하자.

다른 생각을 할 겨를이 없도록 정신없이 무언가에 심취해 보는 것이다. 아마 조금은 편해질 것이다.

해결책을 제시했지만 이런 것들도 소용없다고 한다면, 좀 더 이성적이 되자. 우리는 성인이고 해야 할 것들도 많다. 그리고 무엇보다 이렇게 아파해야 할 시간도, 여력도 없다. 좀 더 이성적으로 생각하고 지금 하고 있는 일에 좀 더 열정을 쏟자.

분명한 건 나만 아픈 것이 아니라는 점이다. 그 사람도 분명 아프고, 헤어진 모든 사람들도 아프다. 다만 다른 사람들은 좀 더 의연하게 헤어짐을 받아들이고 대처한다는 사실을 알아야 한다.

다음에 사랑하게 될 사람에게 이렇게 아파한 것을 미안해하지 않기 위해서라도 다음 사랑을 좀 더 열정적으로 지금보다 더 행복해지기 위한 체력을 남겨야 한다. 본인 스스로를 힘들게 하지 말자.

지금도 무수한 이별 속에서 고통을 겪고 있을 많은 청춘들이여, 괜찮다. 분명 또 다른 사랑이 곧 찾아올 테니.

부의 가치와 원리

돈은
그저 종이와 금속에 불과하다

　지금의 '돈'이라는 것이 존재하지 않았던 아주 먼 옛날에는 내가 가지고 싶은 것이 있다면 내가 갖고 있던 그 무엇하고 물물교환을 했다. 하지만 문제가 있었다. 사람마다 본인들이 가지고 있는 물건의 가치를 측정하는 것이 달랐기에 물물교환하는 것이 쉽지 않았다. 그렇게 사람들이 일정하게 가치를 부여하여 탄생한 것이 '돈'이라는 화폐 단위이다.

　위에서 알아보았듯이 돈은 그저 물물교환을 좀 더 편리하게 하고자 만들어진 것에 불과하다. 우리가 울고 웃고 하는 것이, 사실은 누군가가 정해 놓은 종이나 금속에 불과하다는 것이다.
　여러분들도 돈 때문에 울고 웃은 경험이 있을 것이다. 지금 이 시간에도 이 '돈'이라는 것 때문에 괴롭고 슬픈 것이 대부분의 현실일 것이다. 이런 종이쪼가리에 슬퍼하거나 괴롭지 말라고 하고 싶지만, 그런 이 종이쪼가리가 부족해 우리 삶이 고달픈 건 현실이니 차마 슬퍼하고 괴로워하지 말라는 말은 못하겠다. 하지만 최소한 우리가 현실에서 부족한 이 '돈'이라는 것의 정체는 알고 있어야 하기에 이번 장에서 소개해 보았다.

정체도 모르는 이런 종이에게 힘든 것보다는 힘들어도 정체를 알고 있어야 좀 더 쉽게 이 종이들을 잡을 수 있지 않을까? "호랑이를 잡으려면 호랑이 굴에 들어가라"는 속담처럼 '돈'이 뭔지 알고 있어야 '돈'을 벌 수 있는 것이다.

자, 그럼 '돈'의 정체에 대해 알았으니 이제 돈이 어떻게 움직이는지 알아보자. '돈'의 움직임을 알면 '돈'과 좀 더 친해질 수 있다.

돈의 흐름과 '부'의 방법

흔히 사람들은 "돈이 돈을 번다."는 말을 자주 한다. 대부분 투자를 생각하기 때문이다. 그리고 실제로 부자들의 대부분은 '투자'를 하여 더 많은 '부'를 축적한다. 그리하여 우리는 "처음부터 우리에게는 돈이 없어 돈을 벌 수가 없다."며 울부짖는다.

하지만 그건 변명에 지나지 않는다. 주위를 둘러보면, 생각보다 자수성가해서 남들이 부러워하는 '부자'라 불리는 사람 들이 꽤 많다. 그 자수성가한 분들은 처음부터 돈이 많았을까? 아마 우리와 동일한 조건이거나 우리보다 좋지 못한 환경에 처해 있었을 것이다.

그렇다면 그들은 단지 운이 좋아서 사업에 성공해 '부자'가 되었을까? 아니다. 필자는 그 답이 남들보다 빠르게 '돈'의 흐름을 이해한 데 있다고 본다.

돈이라는 흐름에 대해 이론적으로 설명하려는 것이 아니다. 이론적으로 설명하자면 경제학책 그대로 옮겨 놓아야 하는데, 그런 복잡한 것보다는 독자분들이 알기 쉽게 이해할 수 있도록 간단하고 정확히 적도록 하겠다.

필자도 여러 방면으로 돈이라는 것을 알기 위해 노력했다. 독서를 통해서, 강의를 들으면서, 경제 신문을 보면서. 하지만 아직까지도 정확하게 이해했다고 볼 수는 없다. 다만 이것 하나만은 확실하다.

첫째, '돈'의 흐름을 알기 위해선 경기의 흐름과 정책 방향을 알아야 한다.

둘째, 해외 상황에도 주의를 기울여야 한다.

셋째, '돈'은 사람들이 필요로 하는 것에 몰린다.

이 정도는 다 아는 것이라고 할지도 모르겠다. 그러나 이것들을 어떻게 적용해야 할지 모를 것이다. 필자 역시도 그랬다. 그러나 지금은 아주 조금이지만, 필자 나름대로의 방법을 찾았다. 자, 그럼 지금부터 필자가 활용하는 방법에 대해 알려 주도록 하겠다.

가장 기초적인 단계는 요즘 내가 무엇이 있으면 좋을지 생각해 보는 것이다. 그 '무엇'이란 기존에 있는 것을 계량해서 좀 더 편리하게 만드는 것도 좋겠지만, 기존에 없는 새로운 것을 만드는 것이 가장 좋다.

예를 들면, 예전에는 없었지만 지금은 집집마다 한 대씩은 가지고 있는 김치냉장고이다. 처음 김치냉장고가 나왔을 때를 기억하는가? 모두들 어이없어 했다. 그냥 냉장고에 넣어 두면 되는데, 대체 왜 김치냉장고가 따로 있어야 하는지에 대해 필요성을 느끼지 못했다. 하지만 사람들은 머지않아 김치냉장고에 열광하기 시작했다.

한국의 대표음식인 '김치'는 한식을 먹는다면 매번 등장하는 필수 반찬이다. 이런 대표적인 음식인 '김치'를 더욱 맛있게 먹고 변질 없이 본인이 원하는 숙성도에 따라 사계절 먹을 수 있게 만든 것이 바로 김치냉장고이다. 이렇게 사람들의 니즈를 잘 파악한다면 그리고 실행에 옮긴다면 '벼락부자'가 될 수 있다.

위의 예시와 같은 설명을 하는 서적이 엄청 많다. 그 이유는 그것이 '정답'이기 때문이다. 하지만 우리는 이렇게 엄청난 것을 누구나 쉽게 생각하지도, 또 만들어 낼 수 없음도 알고 있다. 그래서 위의 세 가지 방법을 활용하여 우리는 준비하여야 한다.

로또처럼 한 번의 운에 의지하여 벼락부자가 되려 하지 말고, 지금 당장이 아니어도 몇 년 뒤에 부자가 될 수 있도록 준비하는 것이다. 평소에 인터넷 쇼핑이나 핸드폰 게임만 하지 말고, 오늘의 경제나 해외 관련 기사를 읽어 보자. 생각보다 재미있다.

물론 처음엔 기사에 나오는 전문용어의 뜻을 몰라 이해가 되지 않을 수도 있다. 모르는 단어는 찾아가면서 읽는 연습도 해야 한다. 이렇게 습관을 들이다 보면 자연스럽게 해외 관련 상황도 알 수 있고, 우리나라 경제가 돌아가는 상황도 알 수 있을 것이다.

그리고 이러한 지식을 토대로 생각해 보는 것이다. 지금 사람들이 원하는 것이 무엇인지, 그리고 무엇을 필요로 하는지를……. 지금은 빠르게 부자가 되려고 하기보다는 '부자 되는 연습'을 할 때이다.

부의 첫걸음은
노동으로 돈을 성취하는 것

위에서 했던 말을 다시 한 번 하자면, 사람들은 "돈이 돈을 번다."고 한다고 했다. 그렇다면 현재의 부자들은 어떻게 돈을 벌었을지 생각해 보아야 한다. 처음부터 집안에 돈이 많았던 사람들을 제외하고, 먹고살기도 힘든 상황에서 지금은 엄청난 부자가 된 사람들을 기준으로 생각해 보자.

부자가 되기 위한 가장 첫걸음은 자신의 '노동으로 돈을 성취하는 것'이다. 가끔 어른들이 하시는 말씀이 있다. 밑바닥부터 차근차근 올라가라고……. 필자가 하는 말과 같은 맥락이다.

어떤 일이든 상관없다. 노동을 통해 작은 돈부터 차곡차곡 모아야 나중에 눈덩이처럼 커진 돈을 만질 수 있다. 여기까지는 여러분들도 취직을 간절히 원하는 마음으로 무의식적으로 행동하려 하고 있다. 당연히 노동을 통해 어느 정도의 돈을 성취하려 하는 것이다.

그러나 이제부터가 중요하다. 노동으로 돈을 성취했다면, 그다음은 머리를 써서 돈을 불리는 것이다. 대부분 이 단계에 가지 못하기 때문에 큰 부를 잡을 수 없다. '김치냉장고'를 생각해 보라. 이해되는가? 사람들이 원하는 것을 내가 해결해 주면 큰 부를 가질 수 있다.

다음은 돈이 돈을 버는 시스템이다. 한마디로 '투자'하는 것. 이 정도 단계에 오르면, 돈 때문에 걱정할 일이 없다. 그냥 놀고먹어도 돈이 불어난다. 생각만 해도 행복하지 않은가? 내가 하고 싶은 일만 하며 삶을 즐기는데도 돈이 불어나게 된다는 것이.

3단계 부자 되기 방법
노동으로 돈 벌기 → 머리로 돈 벌기 → 돈이 돈 벌기

저자는 이 3단계를 깨닫게 된 순간, 무언가 세상이 달라 보였다. 내가 너무 고되게 살고 있었다는 생각이 들면서 돈을 쫓아 이리저리 뛰어다니던 생활이 머릿속으로 나열되며 한 편의 드라마를 보는 듯한 기분이었다. 동시에 뿌듯함과 감동을 느꼈다.

이제 돈을 쫓아 이리저리 다니지 않는다. 그렇다고 특별히 삶이 달라진 것은 아니다. 다만 나 자신에게 여유가 생기고, 이제 쫓는다는 기분보다는 '돈'이 나에게 와 줄 것 같은 기분이 든다. 그리고 나의 재능을 십분 발휘하여 지금은 머리를 써서 '돈'이 나에게 오게 만들고 있다.

여러분들은 지금 1단계에 있거나 아니면 아직 1단계에조차 들어서지 못한 사람도 있겠지만, 어서 1단계를 뛰어넘어 2단계로 진입하기

바란다. 그 바로 앞에는 필자가 있을 테니 말이다.

아끼는 것이
버는 것보다 더 쉬울 수 있다

직장인들이라면 모두가 동감하는 가장 행복한 날이 있다. 한 달에 한 번 찾아오는 이날은 전날부터 행복하게 만든다. 그날은 바로 '월급날'.

필자를 포함해 월급날이 오면 마음이 설레고 들뜬다. 필자는 사업, 컨설턴트, 강의 등을 하기에 따로 월급날이 정해지지는 않지만, 대신 한 달에 한 번 용돈을 정해 놓고 쓰기에 그날이 두근두근 기다려진다.

예전에는 월급봉투에 현금을 담아 직접 수령했을 우리 어머님, 아버님 세대 때에는 그래도 손에 감촉이라도 느껴 보았다고 하지만, 요즘엔 그렇지 못하다. 월급이 통장에 입금되기 무섭게 이곳저곳에서 피 같은 나의 노동의 대가들이 모조리 빠져나가고 결국엔 잔고가 '0'이 되기 십상이다.

0이면 다행이련만, 생각보다 많이 긁어 버린 카드값으로 인해 혹자는 마이너스 인생의 반복적인 패턴에서 벗어나지 못한다. 이런 마이너스 인생에서 탈출하기 위해 현실적인 세 가지 방법이 있다.

하나는 지금보다 월급을 많이 받는 것, 두 번째는 퇴근 후에 부업으로 다른 일을 해서 지금보다 총 수입을 늘리는 것, 마지막 세 번째는 지금보다 절약하는 것이다.

자, 그럼 생각해 보자. 첫 번째 방법은 회사에 엄청난 공헌을 해서 초특급 승진을 하지 않는 한 기대하기 힘들다. 그리고 두 번째 방법은 부업으로 다른 일을 한다는 것 자체가 사실 힘들 수도 있다. 매번 같은 시간에 퇴근해서 쉴 시간 없이 하루 24중 20시간을 일하며 살아가는 것은 생각보다 너무나 힘들고 고단하다. 잘못하면 기존에 하고 있던 일에까지 부정적 영향을 끼칠 수 있기 때문에 두 번째 방법도 힘들 수 있다.

그럼 우리에게는 마지막 세 번째 방법밖에 남지 않았다. '절약'하는 것. 우리는 '절약'이라는 단어를 많이 들으면서 자라 온 세대이다. IMF를 거쳐 21세기의 새로운 문화와 다양한 콘텐츠들 속에 그것들을 배우고 활용하고자 '절약'을 통해 아끼고 아껴 디지털화된 기기들 또는 다양한 먹거리들을 경험해 왔다.

지금의 20대, 30대는 불행한 것 같지만 한편으로는 부모님 세대가 누리지 못했던 다양한 즐거움들을 경험하고 체험할 수 있어 행복한 면도 있다고 생각한다. 본인에게 주어진 '돈'이 한정적이기 때문에 이제껏 스스로 '절약'하며 선택적으로 본인이 하고 싶던 것들을 누려 왔기에 저자가 말하는 '절약'도 분명 선택적으로 잘할 수 있으리라 생각한다.

　필자가 무조건적인 절약을 말하는 것은 아니다. 필자가 주장하는 절약은 바로 '선택적 절약'이다. 다소 생소할 수도 있지만, 말 그대로 실생활 중에서 포기할 수 있는 것들은 과감히 포기하고, 그 대신 지금보다 삶을 더 윤택하게 만들자는 의미이다.

　예를 들어 보자. 남자의 경우에는 대부분 술, 담배, 게임을, 여자의 경우에는 쇼핑, 커피, 맛집, 이 3가지만 줄여도 충분히 마이너스 인생으로부터 벗어날 수 있다. 아예 하지 말라는 것이 아니다. 본인이 일주일에 이 세 가지를 함으로써 쓰는 비용을 계산해서 30%만 줄여도 된다.

　처음부터 100% 또는 50%의 비용을 절감하겠다고 하면, 대부분 실현하지 못한다. 30%라는 숫자는 정말 조금만 신경 쓰면 해결 가능한 숫자이므로 우리는 실천할 수 있을 것이다. 만일 일주일에 10만 원을 썼다면, 이제는 7만 원만 쓰면 된다. 어떻게 줄일지는 본인 마음이다.

　3만 원을 절약하는 것이 적을 것 같지만, 4주면 12만 원이다. 만약 내가 일주일에 20만 원을 쓰는 사람이라면, 6만 원씩 4주는 24만 원이다. 카드값 나가는 걸 보면 알겠지만, 일이십만 원이 소중하다. 이 정도면 버는 것보다 쉽게 절약을 통해 마이너스 인생으로부터 탈출이 가능하다.

　선택적 절약은 이밖에도 다양한 곳에서 가능하다. 내가 자가용이 있다면 기름값 절약을 위해 가까운 거리는 걸어서 간다든가 대중교통을 이용하고, 밖에서 먹는 맛있는 음식을 매일 먹는 것보다는 일주일에 1~2회만 외식을 하겠다는 등 본인이 구체적인 목표를 세워 선택적으로 절약을 위한 습관을 만드는 것이다.

사람마다 각자 생활패턴이 다르므로 자세하게 절약 방법을 나열할 수는 없지만, 지출이 심한 항목과 불필요하게 지출되고 있는 비용들을 본인 스스로는 잘 알고 있을 것이다. 자기 자신도 모르게 줄줄 새는 돈의 수도꼭지를 다시 한 번 살피고 꽉 조여야 한다.

진정한 부자 중에 돈을 펑펑 쓰는 사람은 없다. '절약'이 몸에 배어 있어야 진정한 부자도 될 수 있다.

2030 빚 청산하기

 10대를 넘어 20대가 되면서 빚을 지게 되는 것이 요즘 현실이다. 20대는 대학을 다니기 위해 학자금 대출을 받아 빚이 쌓이고, 30대는 결혼 자금, 자동차, 집 등 여러 가지 문제로 줄어들기는커녕 오히려 쌓여만 가는 빚더미에 눌려 살아간다.

 예전에는 좋은 대학에 들어가 졸업하여 좋은 직장에 들어가면 어느 정도 빚을 해결할 수 있었지만, 요즘엔 좋은 대학에 들어가 졸업해도 좋은 직장에 들어가기란 하늘의 별 따기만큼 어렵다. 좋은 직장은 고사하고 본인 전공만 살려서 취직해도 성공했다고 할 정도이다.

 어찌어찌해서 취직에 성공했다 한들 나아지는 것은 없다. 이제 취직을 했으니 20대가 끝날 무렵에서야 안 먹고 안 입고 해서 겨우겨우 학자금 대출을 모두 갚는다 쳐도 이제 결혼자금을 모아야 한다. 자동차와 집은 그렇다 쳐도, 한 번뿐인 인생을 살아가는 데 결혼은 해야 할 것 아닌가. 결혼을 하기 위해 다시 아끼고 아껴 결혼을 하고, 아이가 태어나면 이제 내 집 한 칸 마련하느라 다시 하루하루 전쟁을 치르며 살아간다.

이것이 보통의 삶이 아닐까? 이렇게만 살아도 행복하겠다는 사람들도 얼마든지 있다. 30살 전에 학자금 대출 다 갚고 결혼자금 모아 결혼하고, 40대 중반에 작더라도 내 이름으로 된 집 한 채 있으면 하는 소박한 꿈을 가진 사람들. 그래서 3포, 5포에 이어 이제는 '6포 세대'라는 말까지 나온 게 아니겠는가. 이제 필자가 최소한의 행복을 누릴 수 있는 방법을 제시할 테니, 한번 들여다보자.

우선 취직을 했다고 가정해 보자. 남자의 경우 평균 28세에 취업에 성공했다고 가정하면, 남은 기간은 3년이다. 3년 동안 한 달에 100만 원씩 모으면 3,600만 원이다. 이 정도면 학자금 대출은 모두 청산할 수 있겠다. 물론 숫자상으로는 간단해 보이지만, 사회 초년생에게 100만 원이라는 금액은 엄청난 것임을 안다.

100만 원을 저축하면 남은 돈은 많아 봐야 70~100만 원 정도일 것이다. 하지만 위에서 말한 '선택적 절약'을 통해 어떻게든 줄이고 줄여 100만 원을 저축해야만 한다. 만약 현실적으로 본인이 책임져야 할 식구들이 있다면, 앞으로 뒤에서 제시하는 방법을 잘 새겨듣고 실천하기 바란다.

정말 힘들겠지만 불가능하지는 않다. 사람은 일주일만 같은 일을 반복하면 모두 적응하게 되어 있기에, 처음엔 힘들어도 조금만 참고 힘내면 곧 적응되어 할 만해진다.

다시 본론으로 돌아와, 20대에 이렇게 힘들게 절약해서 결국 학자금 대출을 모두 청산했다고 하자. 그렇게 되기까지 굉장히 힘든 과정을 겪었을 것이다. 먹을 거 못 먹고 입을 거 안 입고, 남들은 한 번씩 해외여행도 가고 좋은 곳도 놀러 다니는데 나만 즐기지 못하는 것 같고……. 젊은 날의 인생이 어찌 이리 고단할까 싶겠지만, 부러워하지 마라. 모두 빚지고 하는 것들이므로 조금만 지나면 이제까지의 노력이 결코 헛되지 않았음을 깨닫게 될 것이다.

그럼 30대에 들어서 이제는 직급도 높아져 월급도 올랐다. 이제는 자기 자신에게 상을 줘도 된다. 만약 월급이 한 달에 20만 원 올랐다면, 한 달에 10만 원만큼은 용돈으로 더 써도 된다. 그리고 나머지 10만 원은 저축하는 데 추가해 110만 원을 저축하라. 그래도 희망이 있지 않은가?

직급이 올라가면 올라간 만큼 반은 써도 된다니, 작지만 왠지 기쁘다. 그렇게 다시 열심히 저축하다 보면 결혼자금도 마련하고 나중엔 집도 장만할 수 있을 것이다. 위에서도 말했듯이 버는 것보다 절약하는 게 더 쉽다는 것을 명심하자.

그리고 만약 100만 원이라는 돈이 현실적으로 불가능하다면, 최소한 50만 원은 저금하라. 이건 마지노선이다. 50만 원에서 절대 그 이하로 저축 금액을 줄이지 마라. 본인과의 약속이다. 악마의 유혹에 넘어가 본인과의 약속이 깨지는 순간, 마음이 더욱 약해져 다시 서서히 미로 속에 갇혀 버릴 수도 있다.

미로 속에서 빠르게 빠져나올수록 그 앞에는 사막의 오아시스만큼이나 달콤한 행복이 기다리고 있다는 사실을 잊지 말자.

재테크 공부는 필수

　　매주 토요일, '로또 1등'이라는 달콤한 꿈을 꾸는 사람들이 발표시
간만을 애처롭게 기다린다. 그런가 하면 재테크로 한방에 큰돈을 벌
것처럼 말하는 사람들도 많다. 그들은 매번 술자리에서 주식과 여러
가지 경제 용어와 해박한 지식을 사용하여 이야기를 나누기도 한다.
그리고는 곧 있는 돈마저 잃고 후회와 걱정 속에 실망하고 개탄하며
또다시 술잔을 기울인다.

　　왠지 30대 사회생활을 하는 성인이라면 남들 다 하는 주택청약이나
펀드도 해야 할 것 같고, 주식도 도전해 봐야 할 것 같은 생각이 들
것이다. 그리고 꿈을 꾼다. '대박의 꿈'을⋯⋯.

　　이처럼 모두가 대박의 꿈을 꾸지만, 현실에선 그렇지 못하다. 그나마
도 잃지나 않으면 다행이다. 사실 본인이 투자한 액수에 매달 10% 이
상의 수익률이 나오면 엄청난 것이다. 100만 원을 투자했을 때, 10만

원의 수익을 내면 엄청난 것이라는 것. 그리고 그 10%의 수익을 내기 위해서는 엄청난 노력이 필요하다.

하지만 대부분 우리는 어디가 좋다는 투자 전문가의 말만 믿고 소망하기만 한다. 그 결과 10%는커녕 원금만 회수하면 빼버리겠다고 다짐하다가도 다시 투자하기를 반복하며, 결국 마음고생만 심하게 한다.

필자는 재테크 공부를 하라고 충고하고 싶다. 재테크는 21세기의 가장 빠른 '부의 축적' 요소 중 하나이므로 재테크 공부는 필수 사항이 아닐 수 없다. 또한 재테크 공부를 하게 되면 각종 세금감면 방법도 터득할 수 있고, 생활에 있어 더욱 다각도로 돈을 활용하는 지혜를 얻을 수 있게 된다.

하지만 위에서도 말했듯이 그저 전문가만 믿고 덜컥 투자하는 식의 방법은 옳지 못하다. 힘들게 절약해서 모은 목돈을 나보다 그 분야에 대해 좀 더 잘 안다고 해서 무조건 믿고 기다리는 것은 고양이에게 생선을 맡기는 것만큼이나 어리석은 것이라 할 수 있다. 그럼 대체 어떻게 하라는 것인가?

지금부터 하는 재테크 방식은 필자만의 방식이므로 옳고 그름은 본인 스스로의 판단에 맡기겠다. 저자도 재테크 공부를 위해 여러 서적을 읽고 또 읽고, 실제로 투자를 하기 위해 여러 가지 방안을 검토하던 중 스스로 깨달은 점이 있다.

작은 돈을 투자해서 조금이나마 생활의 윤택을 위해 용돈을 벌기 위함은 괜찮을 수 있지만, 주식이나 펀드에 매일 신경을 쓰고 경제 상황이나 시세 등을 계속 확인하며 하루에도 수십 번씩 나의 주식이

청춘 RE PROCESS

올라갔다 내려감에 따라 감정 컨트롤을 해야 한다. 이것을 감내할 수 있는 사람이라면 투자해도 좋다.

그리고 가장 큰 깨달음은, 그래서 투자를 하지 않겠다는 것이다. 정말 내가 그 분야에 대해 공부하고 전문가 수준이 되었을 때, 작은 돈이 아닌 천 단위의 큰 목돈을 투자할 수 있을 때 해야 한다고 생각했다. 내가 한 달에 10~20만 원 벌자고 이렇게 많은 시간을 투자하고 신경 쓰고 마음고생을 하는 것은 비효율적이라는 생각 때문이었다. 게다가 실제로 수익을 낼지 못 낼지도 모르는 상황에서 이런 고생을 하는 것은 내 시간에 비해 너무 적은 수입이라는 생각이 들었다.

최소한 천만 원의 투자를 하여 10%의 대단한 수익을 냈을 때, 100만 원 이상, 즉 본인 월급의 50% 정도의 수익을 낼 수 있다면 마음고생 하며 할 만하다고 생각했다. 그리하여 필자는 단기간에 수익을 내는 곳에 투자하기보다는 '가치 투자'라는 것을 한다.

가치투자란, 쉽게 요약하자면 기업의 가치를 미리 파악하고 그 가치가 오르기를 기대하면서 투자하는 방법이다. 다만, 어떤 기업이 고도의 성장을 할지는 본인의 선택에 따라 다르고 본인마다의 시각에 따라 차이가 있다.

만일 20년 전, S 주식을 1,000만 원만 샀다면 지금은 억대의 부자가 되었을 것이라는 것은 재테크에 관심이 있는 사람이라면 누구나 알고 있는 상식일 것이다. 그렇다면 여러분의 나이가 30세라고 가정하고 딱 20년을 투자해서 억대의 수익을 얻는다면, 최소한 여러분의 아이들 대학 등록비, 결혼자금 그리고 스스로의 노후자금은 마련할 수 있다는 것이다.

그리고 힌트를 주자면, 필자는 중국 주식에 가치 투자하기로 마음먹었다. 이 정도 알려 주었으면, 스스로 좀 더 공부해서 가치 투자를 해 볼 만하지 않은가? 지금의 1천만 원, 2천만 원이면 노후가 해결된다니, 벌써부터 마음이 놓이고 속이 시원해지는 기분이다.

어떤 이들은 만약 그 돈을 넣었는데 오히려 떨어지기만 하면 어떻게 하냐고 걱정하기도 한다. 하지만 걱정하지 마라. 확실하게 말해 줄 수 있다. 최소한 내가 넣은 원금은 100% 회수 가능할 테니. 그럼 없어지는 돈이 아닌 저축한 돈이라고 생각하면 편할 것이다.

그리고 한 가지 더 팁을 주자면, 가치투자를 하기로 마음먹었다면 그냥 없는 돈이라고 생각해야 한다. 장독대에 묻어 오래되면 오래될수록 깊은 맛을 내는 우리네 김치처럼 오래 묵혀 놓고 있어야 그만큼의 가치를 얻을 수 있는 것이다. 이만하면 해 볼 만하지 않겠는가?

그리고 무엇보다 매일매일 시세나 경제상황 등을 두 눈 부릅뜨고 지켜볼 필요가 없다는 것이 필자에게는 가장 큰 메리트였다. 10개의 직업을 가지고 있는 필자에게는 하루 24시간이 모자라기 때문에 이 '가치투자'가 가장 맞는 재테크 방법이라고 생각한다. 그리고 여러분 또한 이리저리 바쁘게 살고 있기에 일정한 시간에 여유를 낼 수 없다면, 차라리 가치투자를 하는 것이 좋은 방법이라고 생각한다.

가치투자에 대한 저서는 서점에 가면 엄청나게 많으니, 자신에게 맞는 책, 이해하기 쉬운 책으로 한 권 읽어 보기를 권한다. 잘하면 어떤 주식에 투자해야 할지도 알려 준다. 단, 투자에 대해서는 본인이 선택해야 한다는 것만 명심하라.

사람들이 필요로 하는 것과
원하는 것 파악하기

이번에는 앞서 "돈의 흐름과 '부'의 방법"에서 이야기했던 세 번째 방법, 즉 '돈은 사람들이 필요로 하는 것에 몰린다.'에 대해 좀 더 자세히 알아보고자 한다.

20대에 들어서 대학에 가지 않고 본인만의 사업을 하는 사람들도 있다. 그리고 대학을 졸업하고 취직을 하지 않으며 자기만의 사업을 하는 사람도 있고, 취업에 성공을 했어도 회사에 출근하는 삶이 싫어 사업을 선택하는 사람도 있다. 그리고 현실적인 대안으로 지금보다 윤택한 삶을 살아보기 위해 사업을 하는 사람 등 우리 주변에는 사업을 시작하는 사람을 많이 찾아볼 수 있다.

이처럼 많은 사람이 자신만의 사업장을 차리기를 원한다. 그리고 사업에서 성공하기 위해 아주 열심히 최선을 다한다. 하지만 모두가 사업에 성공하는 것은 아니다. 아주 극소수의 사람만이 사업을 유지

하고 일정한 수익을 낸다. 그렇다면 왜 대부분의 사람들은 사업에 실패하는 것인가?

필자는 사람들이 원하는 바를 아는 CEO와 이미 유행이 지났거나 사람들이 원하는 바를 잘못 파악한 CEO가 사업의 성패를 좌우 한다고 생각한다. 앞에서 예시로 말했듯이 처음 김치냉장고는 실패할 것이라는 우려의 목소리가 컸다. 하지만 예상과 다르게 엄청난 히트를 치면서 이제는 실생활 속에 당연히 있어야 하는 유용한 실용가전제품으로 자리 잡았다.

그렇다면 어떤 아이템을 가지고 사람들이 필요로 하고 원하는 바를 해결해 주어야 하는가? 필자가 정확한 대답을 해 줄 수는 없다. 그리고 그 누구라도 이에 대한 해답은 말해 주지 않을 것이다. 그 해답을 안다면 가르쳐 주는 것보다는 본인이 사업을 할 테고, 또 기업의 비밀에 대해 누설하는 이는 없을 테니 말이다. 하지만 필자가 그 아이템을 찾는 방법만큼은 가르쳐 주겠다.

가장 쉬운 방법은 실생활에서 찾는 것이다. 더욱 쉽게 아이템을 찾는 방법은 다음과 같다.

첫째, 나이를 선정하자. 모든 연령층이 사용할수록 대박 아이템이다.

둘째, 주 고객이 남성인지 여성인지 구분하자. 남녀 모두 사용 가능하면 대박 아이템이다.

셋째, 기존에 있던 것에 업그레이드를 시키는 방법.

넷째, 기존에 없던 제품을 만들어 사람들에게 편리하게 사용할 수 있도록 하는 방법.

다섯째, 부담 없이 구매가 가능한 것.

여섯째, 국내에서만 판매 가능한 것인지, 전 세계에서 판매가 가능한 것인지 생각해 보자.

이렇게 여섯 가지를 고려하여 아이템을 찾는다면, 좀 더 쉽게 사람들이 필요로 하는 것과 원하는 것을 찾을 수 있을 것이다. 다만, 이런 아이템은 쉽게 나오는 것이 아니며 아이템을 찾았다고 하더라도 정말로 사람들이 원하고 필요로 하는 것인지에 대해서 끝없이 테스트를 거쳐야 한다.

필자는 지금 제조업에 한정지어 설명하였다. 하지만 사람들이 필요로 하는 것은 실제 물건이 아닌 서비스나 인터넷 프로그램이 될 수도 있으며, 그 범위는 여러분이 더욱 넓게 생각해 볼 수 있어야 한다.

그리고 사업을 하면 직장 생활을 하는 것보다 많은 돈을 벌수도 있지만, 실패할 확률도 그만큼 높다는 것을 알아야 한다. 그리고 직장 생활을 하는 것보다 어려우면 어려웠지, 결코 쉽지 않다는 점도 명심하길 바란다. 24시간 365일 쉬는 날 없이 항상 일을 한다고 생각하면 될 것이다. 그리고 정해진 월급날도, 일정한 급여도 없다.

그래도 우리는 사업을 해야 하는가? 필자는 주저 없이 말한다. 많은 '부'를 축적하고자 한다면 사업을 해야 한다. 그러나 선택은 자유이다.

필자가 현재 '부'를 축적하는 주된 요소를 말해 주자면, 현재 프랜차이즈 사업을 하고 사람들에게 강의를 한다. 이 두 가지 요소로 돈을 벌고 있으며, 가치 투자를 하고 있다.

'프랜차이즈 사업'은 유통과 서비스의 두 가지 요소로 적은 인원수로 사업하기에 가장 원활한 사업 중 하나이고, '사람들에게 강의'는 동일한 조건의 시간으로 무한대의 사람들에게 영향력을 펼칠 수 있는 직업이기에 이 두 가지의 주된 요소로 '부'를 축척한다. 이 두 가지 무기는('무기'라 표현하기에는 좀 그렇지만) 저자에게 아주 강력한 힘을 안겨 준다.

여러분 모두 각자의 무기를 갈고 닦기를 바란다. 현재 직장인이나 대학생 그리고 갓 20살 넘은 청년이라고 못할 건 없다. 정말 잘하는 것 하나 없는, 그저 꿈만 크게 품었던 필자도 인내와 고뇌로 이루어 냈으니, 준비를 철저히 하고 무기를 갈고 닦은 뒤 언젠가 다가올 시기에 그 무기를 활용해 본인의 무대를 펼치면 되는 것이다.

누구나 두렵고 불안하다. 하지만 누군가는 '시작'하기에 '성공'한다. '시작'이 있어야 '성공'도 있는 법이다.

F님의 마지막 강의

"어서 오게나. 따뜻한 아메리카노를 미리 준비해 두었다네."

오늘도 언제나처럼 미리 와 계셨다. 오늘은 F님도 멋진 정장차림이다.

"오늘 어디 가시나 봐요? 멋지세요."

"아, 오늘은 우리 아내 산소에 가는 날이라네. 일주일에 한 번씩 찾아가지. 그래서 오늘은 신경 좀 썼네. 자리에 앉게나. 오늘이 내가 자네에게 부자가 될 수 있는 법을 알려 주는 마지막 날이라네. 먼저 어제 내가 해 준 말을 듣고 어떤 마음이 들었는지 말해 보게나."

나는 목소리를 한 번 가다듬고는 말을 이었다.

"음, 평소에는 불안하고 늘 고민하고 저 스스로에 대한 확신이 없었다고 할까요? 늘 초조했어요. 그런데 어제 F님의 말씀을 듣고 한결 가벼워진 마음이었습니다. 내가 원하는 걸 하면서 부자가 될 수 있다는 말씀이 행복했습니다."

"그래, 비슷하게 맞춘 것 같군. 부자가 되는 가장 첫 번째 관문은 자네 스스로 여유가 있어야 한다는 것이네. 여유가 있어야 시야를 더욱 넓게 볼 수 있는 것이지. 그리고 그런 여유가 감사하는 마음을 가질 수 있게 만들지.

자네는 이제부터 모든 것에 감사해야 하네. 지금 이렇게 나와 이야기할 수 있음에 감사해야 하고, 자네가 이렇게 멀쩡히 존재할 수 있음에 감사해야 하며, 꿈이 있고 그 꿈에 도전할 수 있음에 감사해야 하지.

자네가 혹시 불평이나 불만이 있던 것이 있다면, 이젠 그럴 필요 없다네. 어차피 바뀌지도 않고, 무엇보다 어떤 상황이건 자네 본인이 만든 상황이 대부분일 테니까. 또한 남들을 부러워할 필요도 없다네. 어딘가엔 자네 상황조차 부러워하는 사람이 있을 거야. 현재에 만족하고 지금 상황에 충실하면 되는 게지.

자네는 뭐든 할 수 있다네. 그리고 그건 자네 스스로 만드는 거지. 남을 부러워하거나 어떤 것에 불평불만을 할 필요가 없네. 불필요하게 자네의 귀중한 시간만 허비할 뿐이지. 내가 자네에게 왜 이런 말들을 하는지 아는가?"

나는 대답 대신 고개를 한 번 절래 흔들어 보였다.

"세 가지 이유가 있지. 첫째는 어제 자네에게 말했었지? 50이 다되고 사랑하는 아내를 잃고서야 진정한 부자가 될 수 있었다네. 참 바보 같지 않은가? 우리 주위에 사랑하는 사람을 하나둘 떠나보내고서야 돈이 전부가 아니라는 것을 깨달은 것이……. 지금 아쉬움이 있다면, 그걸 너무 늦게 깨닫게 됐다는 거라네.

반면 자네는 아직 젊지 아니한가. 진정한 부를 알게 된다면, 자네는 지금부터 앞으로 평생을 사랑하는 사람들과 함께 행복할 수 있게 되는 거라네. 이렇게 누군가에게 내가 뒤늦게나마 깨달은 것을 알려주고 싶었다네. 내가 지금 행복하기에 누군가에게 그 행복을 나눠 주고 싶었던 게지. 지금도 충분히 행복하지만, 한 살이라도 젊을 때 '진정한 부'를 알게 된다면 할 수 있는 것도 더욱 많아지고 나보다 더욱 행복한 삶을 살게 될 테니까.

나머지 두 가지 이유는 마저 이야기를 다 하고 난 뒤에 해 주겠네. 자, 그럼 돈에 대해서 이야기해 보지. 자네는 돈이 뭐라고 생각하는가?"

"돈이라……. 좋은 거죠, 편리하고. 돈이 있으면 무엇이든 할 수 있습니다."

그러자 F님은 웃어 보이며 말을 이었다.

"그렇지, 돈이 있다면 편리하지. 하지만 무엇이든 할 수 있는 건 아니라네. 돈은 그저 종이에 불과하네. 가끔 TV에서 돈 때문에 부모 형제와 멀어지는 것을 보면 안타까울 따름이라네. 돈은 그저 물물교환을 편리하게 하기 위해 만들어진 것일 뿐, 그 이상도 그 이하도 아니라네. 사람들은 그런 종이를 갖고자 사랑하는 사람과 점점 멀어지는 게지.

돈은 신기한 습성을 가지고 있어서 돈이 모이는 곳에 몰려다니지. 돈이 돈을 번다는 말을 아는가? 어느 정도의 돈이 모이면, 그 돈이 또 돈을 벌어들이게 만들지. 참 신기하지 않은가? 지금 나는 일하지 않아도 내 돈들은 다른 돈을 더 벌어들이고 있지."

일을 하지 않아도 돈을 번다? 나는 귀를 더 쫑긋 세웠다.

"부자가 되려면 3단계를 이해해야 한다네. 먼저 자네의 순수한 노동으로 돈을 벌어야 하고, 다음으로 머리를 써서 자네가 번 돈을 불려야 한다네. 그리고 마지막으로, 불린 돈을 투자해서 가만히 있어도 돈이 돈을 벌게끔 하는 거지.

자네가 돈을 쫓아다닐수록 돈은 자네를 멀리하고 도망 다닐게야. 일부러 돈을 쫓아다닐 필요는 없다네. 자네는 그저 첫 번째 단계처럼 일을 해서 돈을 천천히 모으면 되는 거지. 그리고 자네가 평소 고민하고 있던 취업 문제는 진정으로 좋아하는 일을 하면 되는 거라네. 좋아하는 일을 할 수 있는 회사를 찾으면 되는 거지. 임금이 적어도 상관없네.

자넨 사회 초년생으로 지금 조금 더 돈을 준다고 해서 좋아하는 것을 포기해서는 안 돼. 아까도 말했지만 지금의 돈은 아주 미미한 게야. 두 번째 단계에만 가더라도 자네 생활은 지금과 다른 삶을 살게될 게야. 그러니 현재의 작은 돈에 미련을 갖지 말게나. 멀리 볼 수 있어야 먼 곳까지 다다를 수 있는 걸세.

자네가 원하고 즐겁게 일할 수 있는 일로 자네는 목돈을 모아야 하지. 대부분의 사람들이 처음 목돈을 마련하기까지의 시간이 오래 걸려 두 번째 단계에 다가서기 어려워하지. 목돈을 마련하기 위해서는 허리띠를 졸라매고 아껴야 한다네. 자네가 남들보다 조금이라도 잘하는 게 있다면 주말에 부수입을 얻는 것도 빠르게 목돈을 모을 수있는 방법이지.

사람마다 목돈의 기준은 다르지만 두 번째 단계에서 목돈의 기준은 정해질 테니, 우선 열심히 1단계를 실천하는 것이 중요하다네. 1단계만 넘어도 자네의 삶은 지금보다 훨씬 윤택해질 게야.”

'멀리 볼 수 있어야 먼 곳까지 다다를 수 있다'라……. 나는 또 하나의 명언을 마음에 새기며 다음 단계에 귀를 기울였다.

“다음은 두 번째 단계네. 1단계에서 대부분 만족하고 2단계를 실천하지 않지. 하지만 1단계의 성공의 기쁨은 잠시뿐, 꼭 2단계에 진입해야 하네. 2단계는 열심히 생각해야 하네. 사람들이 필요로 하고 원하는 것이 무엇인지 매일 관찰하고 조사해야 하지.

예를 들면 요즘같이 1인가구가 늘어나는 세상에 혼자 사는 사람들이 좀 더 편하게 생활하기 위해서는 식사 배달이나 세탁 후 가져다주는 사업도 괜찮을 것 같군. 하지만 이런 사업은 이미 누군가가 하고 있지. 기존에 있는 사업에 더 많은 편의와 서비스를 제공할 수도 있지만, 새로운 자네만의 아이템을 아무도 하지 않을 때 시작해야 성공 가능성도 더욱 높아지지. 경쟁상대가 없다는 건 자네가 확실하게 시장에서 선점할 수 있다는 것이니까.

단, 성급해서는 안 되네. 충분히 사업 아이템의 비전을 발견하고 사람들의 반응도 보고 난 뒤에 사업을 시작해도 늦지 않다네. 그래도 혹시나 실패한다면, 걱정하지 말게나. 2단계에 진입하고 실천해 본 사람은 설사 실패한다 해도 부자가 되는 방법을 알고 있어서 다시 일어설 수 있다네.

무슨 일을 하든 자네는 실패 또는 성공이라는 결과를 얻을 걸세. 확률로 보자면 50%인 셈이지. 성공 확률이 50%라면 도전해 볼 만하지 않은가? 2단계에서 자네는 자네가 할 수 있는 모든 걸 해야 한다네. 그리고 2단계에서 자네가 어떻게 하느냐에 따라 1년 뒤에 진정한 부자가 될 수도 있고, 10년 뒤나 혹은 30년이 걸릴지도 모르지.

2단계까지 성공했다면 자네는 부자가 되어 있을 걸세. 이 2단계에 머무른다면 돈은 얻겠지만 자네의 시간은 자네의 것이 아닌 돈 많은 돈의 노예가 되는 것이지, 진정한 자유는 얻을 수 없다네."

50%의 성공 확률이라……. 나는 순간 용기를 얻은 듯했다.

"마지막 3단계에 진입하게 되면 이제 자네는 잠시 쉬어 갈 수 있다네. 자네에게는 이제 충분히 많은 자원이 있을 걸세. 돈과 사람이 주변에 많이 있겠지. 자네가 활용할 수 있는 자원으로 자네는 '투자'라는 것을 해야 하네. 공격적인 투자는 필요하지 않지. 이미 자네는 부자일 테니, 자네가 신경 쓰지 않더라도 돈이 돈을 벌 수 있도록, 돈을 이용하면 된다네.

그렇다면 매달 자네는 아무 일도 하지 않더라도 자네가 생활하는 데 필요한 충분한 돈을 얻을 수 있겠지. 그렇다면 자네는 이제 마음껏 자네의 인생을 즐기면 되는 거야. 사랑하는 가족들과 여행도 가고, 평소에 하고 싶던 것들을 모두 즐기고 누리면서 남은 인생을 풍요와 행복으로 보낼 수 있지."

F님의 말에 나는 잠시 눈을 감고 진정한 부자가 된 뒤 행복한 나의 생활을 그려 보았다. 사진 필름처럼 조각조각 이어지는 칸마다 웃는 모습이 스쳤다.

"시간과 돈으로부터 자유로워야 진정한 부자라 할 수 있다네. 어떤가? 이제 그냥 '부자'가 아닌 '진정한 부자'가 되어 보고 싶지 않은가?"

F님의 말씀을 모두 듣고 나니, 왠지 정말 곧 내가 '진정한 부자'가 될 수 있을 것 같은 기분이 들었다.

"정말 감사합니다. 저 이제 뭐든 다 할 수 있을 것 같아요."

"아! 그리고 마지막으로 자네에게 한 가지만 더 말을 해 주지. 자네는 자네보다 어려운 사람들을 도와주어야 하네. 남을 돕는다는 건 생각보다 용기가 필요한 일이야. 그리고 대가를 바라면 안 되지. 좋은 일을 하는데 대가를 바란다면, 그건 남을 돕는 게 아니라네. 자네가 대가 없이 남들을 돕는다면, 그만큼 자네에게 행운이 돌아가게 된다네.

왜 그렇게 되는지는 나도 모른다네. 하지만 확실한 건 남을 돕는 만큼 내게 돌아오는 것이 많아진다는 것이라네. 그것은 물질이 될 수도 있고 행운이 될 수도 있어. 세상에 '신'이 존재한다는 증거지. 착한 일을 할수록 '신'은 자네를 칭찬해 주고 선물을 주는 거지."

어려운 이웃, 도움, 용기, 행운, 신, 선물……. 단어를 하나하나 곱씹으며 마음에 새겼다.

"자, 이제 내가 자네에게 해 줄 말은 모두 끝났다네. 혹시 더 궁금한 것이 있는가?"

"감사합니다. 지금은 궁금한 게 떠오르지 않아요. 그저 F님이 존경스럽습니다. 감사합니다. 아! 아까 제게 이런 감사한 말씀을 해 주시는 이유가 세 가지라고 하셨는데, 나머지 두 가지 이유가 궁금하네요."

그러자 F님은, 그제야 생각이 났다는 듯 미소를 지으며 말을 이었다.

"아, 그 이유 말인가? 두 번째 이유는 내가 자네에게 흥미가 생겼기 때문이지. 나는 우리가 만났던 공원을 자주 간다네. 공원에 가서 산책하며 바람도 쐬고 사람들도 구경하지. 산책을 하던 중 어떤 나무에 새겨져 있는 자네의 글을 발견한 거지. 난 궁금했다네. 이 글을 적어 넣은 청년은 지금 어떻게 생활하고 있으며, 어떤 모습일지 말이야. 사실 처음 자네를 보고 아직 꿈을 이루지 못한 것 같아 아쉬웠지. 그래서 나는 자네의 꿈을 이룰 수 있도록 돕고 싶었던 게지."

"아, 그렇군요. 제겐 행운이었네요. 어쨌든 감사합니다."

"그리고 마지막 세 번째 이유가 있지. 사실 내가 이렇게 자네에게 '진정한 부자'가 되는 방법을 알려 준 가장 큰 이유였다네. 일주일에 한 번 나는 내 아내 산소에 간다고 말했던 것, 기억하나?"

"네, 기억합니다. 그래서 오늘도 저와 이야기를 마친 후에 산소에 가신다고 하셨죠."

"그렇지. 자네는 혹시 아버지 산소에 간 지 얼마나 됐나?"

"음, 딱히……. 제사 때 빼고는 일부러 찾아가거나 하지는 않습니다. 그런데 제게 아버지가 없다는 걸 어떻게 아시죠?"

나는 순간 너무 놀란 나머지 뒤통수를 가격당한 기분이었다.

"나는 산소에서 자네의 어머니와 우연히 만났다네. 우리 아내와 비슷한 곳에 자네 아버지 산소가 있더군. 자네 어머니는 한 달에 한 번씩 산소에 찾는다고 하던데, 자넨 모르고 있었나?"

"네, 여태 몰랐습니다. 한 달에 한 번 모임에 나가신다고는 알고 있었는데, 산소에 가셨던 건지……. 전혀 몰랐습니다."

"한 달에 한 번 산소에 가는 자네 어머니는 먼저 자네 아버지의 묘에 술을 한 잔 따른 후, 주변 풀들도 정리하고 아주 정성스레 관리를 하지. 그리고 나서 주변에 있는 묘지를 반나절 걸리는 시간 동안 혼자서 청소하고 닦아 주고 보살펴 준다네. 그중에는 내 아내의 묘도 포함되어 있고 말이야. 처음에는 나도 몰랐지. 나도 몇 년 전에야 이 사실을 알게 됐으니 말이야. 그래서 내가 자네 어머니에게 물어보았지. 왜 이렇게 혼자 고생을 하며 주변 묘들까지 청소하느냐고. 그러더니 이렇게 말하더군.

'애 아빠가 저기 저곳에 있는데, 내가 이렇게 청소해 주고 닦아 주고 정리해 주면 왠지 우리 애 아빠가 저곳에서라도 주변 사람들하고 잘 지낼 수 있을 것 같은 마음이 들어 정성스럽게 청소를 합니다.' 하고 말이야. 아주 훌륭하신 분이지. 누구 하나 알아주지 않는데 혼자서 반나절이나 걸리며 청소하고 정리하는 걸 반복해서 해오고 있었다니, 나는 감동했다네.

그래서 이런저런 이야기를 나누다 자네 어머니로부터 자네에 대한 이야기를 듣게 됐지. 때마침 우리는 인근에 살고 있는 이웃이더군. 자네가 요즘 부쩍 힘들어하는 것 같다고 하더니, 본인이 못 배우고 못나서 아들에게 '미안하다'고 하더군. 어머니는 자네에게 풍요롭고 화목한 가정을 주고 싶었는데, 애 아버지는 사고로 먼저 세상을 떠났고 못난 본인이라 넉넉지 못한 환경에서 자라게 했다며 마음 아파하셨다네.

그래서 나는 결심했지. 자네에게 내가 알고 있는 '진정한 부자'가 되는 길을 안내해 주겠다고 말일세. 자네는 어머님께 잘해야 하네. 어쩌면 자네는 어머님과 아버님이 주는 선물을 받은 걸지도 모르지. 어머님이 아버지를 생각하는 마음과 자네를 생각하는 마음에 내가 감동한 거거든."

눈물이 앞을 가려 F님이 보이지 않는다. 눈물을 흘리지 않으려 애써 참는데, 방울방울 눈물이 흘러내린다.

'엄마······.'

"자, 정말 내가 해 줄 수 있는 말을 모두 했다네. 자네라면 '진정한 부자'가 될 수 있을 거라네. 자네의 성공을 빌겠네. 그리고 가끔 놀러 와도 된다네. 나는 새로이 바리스타라는 직업의 세계에 빠져 커피 만드는 것을 즐기지. 여러 사람을 만나는 게 너무 즐겁다네. 자네라면 언제든 환영하네. 자, 그럼 다음에 또 보지."

"감사합니다. 감사합니다. 자주 놀러 오겠습니다."

F님은 자리에서 먼저 일어나 산소에 가셨다. 나는 멍하니 아메리카노를 바라보며 나 스스로를 검디검은 아메리카노에 비춰 보며 생각했다. 지금 흘렸던 눈물을 이제 흘리지 않겠노라, 다음에 눈물을 흘린다면 꼭 기쁨의 눈물이 되리라, 다짐하고 또 다짐했다. 그리고 자리에서 일어나 카페에서 나왔다.

오늘도 좋은 날씨다. 사람들은 각자 자신의 일을 하기 위해 이리저리 바쁘게 돌아다닌다. 주머니에 손을 넣고 보니, 어머니가 주신 10만 원이 들어 있었다.

오늘은 맛있는 밥을 내 손으로 어머니께 차려 드려야겠다는 생각에 인근 시장에 들러 어머니가 좋아하는 해산물도 사고, 싱싱한 채소와 과일도 샀다. 어머니와 다정하게 밥을 먹고 내일은 어머니와 함께 아버지에게 과일과 소주를 사들고 가야겠다고 다짐했다.

F님이 말씀해 주신 대로 F님은 어머니와 아버지의 최고의 선물이다. 난 정말 행복한 사람이다.

'아버지, 어머니 감사합니다. 지금 이 순간부터 철없는 아들이 아닌, 어머니에게 의지될 수 있는 멋진 아들이 되겠습니다.'

11장

진정으로 원하는 꿈

청소를 통한 자기 성찰방법

진정으로 원하는 꿈에 대해 이야기하기에 앞서 잠깐 필자의 아침을 소개하겠다. 아침 6시 30분에 일어나 7시까지 출근 준비를 끝내고, 7시 5분에 출근을 시작하여 7시 30분까지 출근을 한다. 누구보다 먼저 출근하여 30분 동안 청소를 한다.

오전 중에 가장 먼저 하는 일과는 바로 '청소하기'이다. 생각해보건대 이 청소하기는 내가 사업을 시작하면서부터 아직까지 이어져 온 습관이자, 당연한 일과이다. 나를 잘 아는 이들은 이제 청소는 안 해도 되지 않냐, 다른 사람이 하면 되지 않냐며 묻기도 한다.

하지만 '청소하기'는 나에게 있어서 남에게 시킬 수 없는 중요한 일과 중 하나다. '청소하기'를 하면서 나 스스로 초심을 다진다. 이런 아침의 초심 다지기 때문일까? 다행히 여태껏 사업을 하거나 외부에 강의를 나가면서 거만하다거나 예전에 비해 달라졌다는 소리를 듣지 못했다. 가히 '청소하기'의 위력이라 할 수 있다.

또한 청소를 하면서 내가 일하는 곳의 작은 부분까지도 세세하게 체크해 볼 수 있다. 내가 일하는 장소는 내가 가장 잘 알고 있어야 하는 것도 아주 중요하다.

여러분은 본인 사무실을 청소할 수도 있고, 본인 방을 청소할 수도 있다. 여기서 중요한 것은 30분 일찍 남들 모르게 해야 한다는 것이다. 티내면서 청소하는 것은 의미가 없다. 청소를 하면서 초심을 다지고, 오늘 하루의 시작을 스스로 본인에게 알리며 즐겁게 보낼 수 있기를 기원하는 것이다.

사실 청소는 30분도 채 걸리지 않는다. 청소를 마치며 깨끗해진 주변과 맑은 마음으로 아침을 여유 있게 시작하는 것까지, 총 30분의 시간을 예상하는 것이다.

본인은 어떤 아침을 맞이하고 있고 또 예전에 비해 점점 욕심이 늘어나지는 않았는가? 청소를 통해 본래의 순수했던 마음으로 돌아가자. 좀 더 편안해짐을 느낄 것이다.

남이 알아줘서
말고 내가 진정 원하는 것

우리 사회는 보여 주기에 너무 민감하게 반응한다. 그리고 자랑할 것이 있으면 더욱 알리려 하고 남들이 알아봐 주길 바란다. 직업도 마찬가지로 남들의 눈을 의식하며 선택하는 경향이 있다. 보통 '3D 업종'이라 불리는 직업은 하지 않으려 하고, 편하고 남들 보기에 번듯하게 보이는 좋은 회사에 취업하기를 바란다. 그런데 과연 그것이 진정 본인이 원하는 것인가에 대해 생각해 보자.

예를 들어 S기업에 취직한 신입사원이 있다고 하자. 그는 주변 사람들에게 부러움과 선망의 대상으로 여겨질 것이다. 하지만 과연 이 사람은 행복할까? 물론 행복할 수도 있다. 이 사람이 이 업무에 대해 만족하고 충분히 즐길 수 있다면 말이다.

하지만 대부분 현 2030세대에서 본인이 진정 원해서 원하는 일을 즐겁게 하는 사람이 얼마나 될까? 10명 중 1명 정도나 될까? 아니다,

그것도 많은 편이다. 본인은 회사 일에 맞지 않아 창업을 하였다고? 그럼 다시 묻자. 창업한 일이 본인이 하고 싶고 본인이 원하는 것이 었는지, 아니면 그저 지금 창업한 아이템이 잘나간다고 하여 창업한 것이었는지.

남이 알아주는 건 고작해야 딱 한 달이다. 아니, 한 달도 길다. 나 스스로가 원하지 않고 즐겁지도 않은데, 남이 알아주는 게 대체 무슨 소용이란 말인가? 필자는 어떤 일을 할 때 즐겁지 않다면 하지 말라 고 말하고 싶다. 일의 능률도 오르지 못할뿐더러 오히려 이 일을 즐 겁게 할 수 있는 다른 사람의 몫까지 하지 못하게 만들고, 일을 하는 본인만 고통스럽기 때문이다.

사람은 각기 다른 재주와 원하는 것이 있다고 생각한다. 그에 맞게 취업도 해야 하고, 본인이 진정 원하는 것을 찾아 나가야 한다. 이제 본론으로 들어가 진정 원하는 것에 대해 이야기해 보자.

내가 진정으로 원하는 것은 무엇인가? '부자가 되는 것', '좋은 직업 을 갖는 것', '좋은 직장에 취직하는 것', '좋은 차, 좋은 집을 장만하 는 것'……. 이런 것도 분명히 원하는 것은 맞다. 하지만 필자가 생각 하는 진정 원하는 것은 이런 물질적인 것과는 다르다.

필자도 고등학교 시절부터 20대 중반까지의 꿈은 그저 '부자가 되 는 것'이었다. 그렇다면 얼마의 '부'가 있어야 '부자'라고 할 수 있을 까? 10억이 있으면 부자인가? 100억이 있으면 부자인가? 1,000억이 있어야 부자인가?

20대 중반 이후 깨닫게 된 것이 있다. '부'라는 것은 한도 끝도 없으 며, 물질만이 내가 진정 원하는 것이 아니라는 것을……. 지금의 내가 진정으로 원하는 것은 '행복하게 사는 것'이다. 이것도 너무 광범위하다고? 그래서 이제는 좀 더 확실하고 분명하게 원하는 것을 정했다.

나에게 행복한 삶이란 1년에 한 번 사랑하는 가족과 일주일 이상 해외에서 마음껏 즐길 수 있도록 물질적인 풍요와 시간에 대한 해방이 가능한 삶이다. 이렇게 좀 더 확실하게 꿈을 정해 놓자, 신기하게도 원하는 것이 현실이 되어 가고 있는 것이 눈에 보이기 시작했다.

어떤 이에게는 나의 이러한 꿈이 시시해 보일 수도 있다. 하지만 내가 경험해 보니, 이 사소한 것이 현실에서 가장 안 되는 것 중 하나가 되어 버렸다. '부'를 좇아 사업을 시작하다 보니 '가족과 보내는 시간'이나 '나 자신의 휴식시간' 없이 무작정 달려 온 것이다.

사소해 보이지만 여러분들도 곧 경험할 것이고, 어쩌면 이미 경험하고 있는 이들도 있을 것이다. 시간에 대한 해방이 얼마나 값진 가치가 있는 것임을…….

자기 자신이 진정 원하는 것을 알고 있어야 한다. 원하는 것을 알고 있는 것과 그것조차 모르고 그저 시키는 일만 하며 사는 삶은 도착점이 다르다는 것을 알아야 한다. 여러분은 지금 당장 노트를 꺼내 진정으로 원하는 것이 무엇인지 적어 보기 바란다. 그리고 분명하고 확실하게 원하는 것을 정리하고 세세하게 메모해 보기 바란다.

누군가 물어도 대답할 수 있을 정도로 진정 원하는 것에 대한 본인만의 해답을 마음속에 간직하고 있어야 한다.

남들과 똑같으려 하지 말자

"황경선이 되지 마라. 박태환이 되지 마라. 장미란이 되지 마라. 또 하나의 누군가가 되지 마라. 그들처럼 고통을 이겨 내고 그들처럼 아픔을 물리치고 너만의 신화를 써라."

— 신신파스 아렉스 광고

위의 광고에서 알 수 있듯이 우리는 누군가와 똑같아지려고 무척이나 애를 쓴다. 황경선, 박태환, 장미란 모두 각 분야에서는 일류 선수들이다. 선망의 대상이고 존경받을 만하다. 하지만 위의 선수들처럼 되기 위해 열심히 할 것이 아니라, 자신만의 새로운 신화를 쓰라고 광고에서는 말하고 있다.

무척 공감되는 문구이다. 남이 내가 될 순 없다. 따라 할 순 있지만, 결국 그 사람이 되지는 못한다. 자기만의 남다른 스타일과 능력으로 더 뛰어난 사람이 되어야 한다. 이는 비단 운동 분야뿐만이 아니다.

우리는 일상생활에서 주변 사람들과 조금 다른 생활을 하면 엄청 이상한 사람으로 비춰지는 것을 목격하곤 한다. 왜 우리는 고등학교를 졸업하면 대학을 가야 하고, 대학을 졸업하면 취직을 해야 하고, 왜 30대가 넘어가면 결혼을 해야 하는가. 이것은 대체 누가 정해 놓은 것인가? 본인의 인생이다. 사회에서 정해진 대로 살지 않아도 된다.

남들과 똑같이 대학 가고 취업하고 ……. 게다가 취업도 힘든 요즘, 취업을 못하면 나만 엄청 이상한 사람, 능력 없는 사람처럼 되어 버리는 삶. 30대 중반까지 결혼 못하면 어디 문제 있는 것처럼 받아들이는 시선. 너무 슬프지 않은가?

어차피 우리 모두가 도달하려는 골인점은 거의 정해져 있다. 다만 앞사람들이 잘 가다듬어 놓은 곧은길이 아닌 사람들이 잘 다니지 않는 길로 갈 수도 있다는 것만 알았으면 한다. 그 길이 지름길이 될 수도 있지 않는가? 설사 그 길이 막다른 길이라도 뚫고 지나가라. 그럼 지름길이 될 수 있을 테니.

"남들과 똑같지 않아도 돼. 그저 넌 너이고, 내가 하고 싶은 걸 하면 되는 거야. 지금 고민하며 힘들어하지 말고, 그냥 하고 싶은 걸 도전해 봐. 넌 꼭 할 수 있어."

ps. 20살의 저자가 정말로 필요로 했던 말이었다. 이 글을 읽는 여러분에게 이 말을 해 줄 수 있어서 스스로 뿌듯하다.

하고 싶은 일과 잘하는 일

오늘도 아침이 밝아 왔다. 이제 사람마다 각각 자기가 해야 할 일들을 시작한다. 출근 준비, 면접 준비, 수업 준비 등등……. 모든 사람이 자기가 해야 할 일들을 위해 아침부터 분주하다. 이렇게 분주히 무언가 하고 있는 우리는 하고 싶은 일을 하고 있는 것인가? 아니면, 나에게 주어진 무언가를 위해 하고 있는 것인가?

우리 모두 각박해진 현대를 살고 있기에 하고 싶은 일, 잘하는 일에 대해 생각할 겨를이 없다. 사람마다 모두 다르고 자기 자신 이외에는 알 수 없는 것이라, 누가 정해 줄 수도 알려 주지도 못한다. 그저 본인만이 그 정답을 알 수 있다. 본인이 정녕 하고 싶은 일은 어떤 일이며 잘하는 일은 무엇인가에 대해서 한 번쯤 곰곰이 생각해 보길 바란다.

이 질문에 대한 해답을 찾는다면, 당신은 지금까지와는 현저히 다른 삶을 살 수 있으며 '부'까지도 지금보다 빠르게 성취가 가능해진다. 어떤가? 솔깃하지 않는가?

필자를 예로 들어 보자면, 하고 싶은 일은 여러분과 같이 무언가 고민이 있고 인생의 미로 속에 잠시 빠져 있는 사람들에게 안내자의 역할을 하는 것이다. 그리고 필자가 잘하는 것은 '바리스타'라고 불리는 커피 및 음료를 만드는 '일'이다.

대부분의 사람들은 이러한 나를 보고 두 개의 작업이 너무 이질적인 것 같다는 둥 서로 연관성이 없다는 둥 말을 늘어놓는다. 물론 필자 또한 너무 다른 분야인 것 같아 처음엔 많은 고민을 했다.

하지만 오랜 고민 끝에 내린 결론은, 남들이 뭐라 하든 내 삶이기에 내가 책임진다는 생각으로 꿋꿋하게 밀어붙였다. 그 결과, 내가 좋아하는 일에 몰두할 수 있게 되었고, 이렇게 글까지 쓰며 여러분들과 만날 수 있게 된 것이다.

지금까지와는 다른 삶을 살게 되며, '부'까지도 성취가 가능하다고 했던 말은 자신이 좋아하고 잘하는 일을 하게 되면. 그 일에 대해 남들보다 더욱 잘할 수 있고 또한 즐겁게 일할 수 있으므로 다른 사람들보다 그 분야에 있어서만큼은 두 배는 빠르게 원하는 것을 성취할 수 있다는 말이다. 원하는 바를 성취하게 되면 '부'는 자연히 따라 오게 되어 있다.

주위를 한번 둘러보라. 분명 어떤 일을 하든 적성에 딱 맞는다는 사람이 있을 것이고, 그 일을 하는 사람은 남들보다 즐거운 삶을 살며 그 분야에서 뛰어난 능력을 보일 것이다.

여러분들도 하루 빨리 잘하는 일과 하고 싶은 일을 찾길 바란다.

그리고 그 일을 하도록 하라. 그래야 성공할 수 있다. 성공으로 다가가는 하나의 비밀이다.

* 맹렬하게 본인이 잘하는 것, 하고 싶은 것을 생각하고 찾아내라.
  그리고 그 일을 하라! 그럼 성공한다.

꿈꾸고 희망하는 것에는 돈이 들지 않는다! 마음껏 상상하라 그리고 찾아라

매주 토요일 저녁. 사람들은 한껏 들뜬 마음으로 TV나 핸드폰으로 로또 당첨번호를 확인한다. 그리고 대다수가 다시 침울해진다. 추첨 시간 방금 전까지만 해도 '내가 이번에 꿈이 좋아. 내가 1등이 되면 네가 원하는 것 다 사 줄게.' 라는 말을 하며 흥분에 가득 차 있던 사람들이다.

대부분 이런 꿈은 이루어지지 않는다. 사람들도 본인이 로또 1등이 될 확률은 거의 없다는 사실을 잘 알고 있다. 하지만 우리는 주변에서 매주 로또를 사는 사람들을 심심치 않게 접할 수 있다.

왜 로또를 할까? 아마도 잠시라도 꿈에서 살 수 있고 희망을 품을 수 있기 때문이 아닌가 싶다. 삶이 더욱 팍팍하고 고단해지면서 이런 잠시만의 희망이라도 품기를 원하는 것 아닐까.

이런 불확실한 로또의 달콤함 말고 우리는 이제 현실적인 달콤한 꿈을 꾸자. 로또로 한순간에 돈벼락 맞아서 하고 싶은 것을 다 이루리라 생각하지 말고, 지금이 아니더라도 10년 뒤, 20년 뒤, 30년 뒤, 언제라도 좋다. 그때 내 나이에 어떤 삶을 어떻게 살고 싶은지 생각하고 적어 보는 것이다.

누군가는 쓸데없는 생각이라고 말하겠지만, 이건 쓸데없는 생각이 아니다. 잠깐이지만 행복이 될 수 있고, 자신이 원하는 것을 나열해 보았더니 나중에는 이루어질 수도 있지 않은가? 어차피 돈도 들지 않고, 밑져야 본전이니 한번 해 보라. 생각보다 짜릿하다.

본인의 희망을 적어 보았으면, 이제 어떻게 하면 원하는 것들을 이룰 수 있을지 찾아라. 세상에 공짜란 없다. 행복했으면 그만큼의 대가로 고민도 해 보라. 지금의 고민에 따라 실제로 지금 종이에 적어 본 것들을 이룰 수 있을지 없을지가 결정될 수도 있다.

12장

포기하고 싶을 때
딱 한 번만 더

힘들고 지칠 땐 받아들여라

여행의 마지막 순간에 네가 어떤 사람이 되어 있을 것인가는 앞으로 네가 여행을 하면서 만들어 가게 되어 있단다. 네가 선택한 서로 다른 길들에 의해 네 인생이 완성되어 가는 법이지. 네가 한 선택과 그 길이 너를 이루어 가고 있는 모습에 더해지거나 빠지는 거란다. 그리고 네가 어떤 길을 선택하든 간에 여행이란 반드시 끝나기 마련이지.

– 조셉 M. 마셜, 『KEEP GOING』

"힘들었지? 오늘 하루도 수고했어. 힘내."

오늘도 힘든 하루를 잘 버틴 여러분들을 응원해 주고 싶다. 그리고 애써 태연한 척 하루하루를 버텨 나가는 청년 모두를 응원한다.

너무 힘들고 지쳐서 샤워하며 몰래 눈물을 훔칠 때, 아무도 없는 집 한편에서 밥 먹는데 목이 멜 때, 이제 힘이 하나도 남지 않아 아무 생각 없이 멍하니 시간만 흘러 보낼 때. 이럴 때는 여러분 모두가 너

청춘 RE PROCESS

무 지쳐 있다는 뜻이다. 스스로에게 '힘내자. 힘내자.' 애써 응원해 가며 쥐어 짜내어 열심히 하는데, 마지막 배터리까지 모두 방전된 것이다.

이럴 때는 받아들이자. 여러분 모두가 각자 힘든 상황에 있다. 그 상황을 어떻게든 이겨 보려고 안간힘 쓰는 모습이 눈에 훤하다. 그럴 때는 재충전이 필요한 때이다. 힘든 상황을 인정하고 받아들인 뒤 잠시라도 좋으니, 여러분들이 좋아하는 무언가를 하라. 영화 보기, 친구들 만나 커피나 술 마시기, 운동하기, 여행하기, 클럽 가서 춤추기 등 본인이 좋아하는 일이라면 상관없다.

무조건 앞으로 전진만 하다가는 결승점에 도달하지 못한다. 정말 힘들 때는 잠깐 쉬어 가는 것도 좋은 방법이다. 자기 자신을 좀 더 소중히 하고 스스로를 응원하고 격려해 주고 재충전할 수 있는 휴식시간도 주어야, 비로소 한 걸음 더 나아갈 수 있다.

친구나 가까운 지인 또는 아무도 없는 집에서 혼자에게라도 힘들면 힘들다고 말해 보자. 한결 가벼워진 느낌을 받을 수 있을 것이다. 그렇다고 바뀌는 건 없다. 하지만 다시 시작할 수 있는 용기를 얻을 수 있다.

"여태 잘해 왔다. 우리 모두 내일도 힘내자.!"

원래 삶이란 롤러코스터 같아서
언젠간 다시 올라간다

살다 보면 기쁜 일만큼이나 슬픈 일도 있고, 이길 때가 있으면 질 때도 있으며, 일어서는 것만큼이나 넘어지는 경우도 허다하단다. 네 안에는 성공하고자 하는 의지와 더불어 기꺼이 실패를 감수하겠다는 마음도 함께 들어 있으며, 삶을 외면하려 드는 두려움과 마찬가지로 삶에 용감하게 맞서고자 하는 용기도 함께 자리하고 있단다.

– 조셉 M. 마셜, 『KEEP GOING』

나쁜 일은 항상 연달아 일어난다. 지금 나 혼자 챙기기도 힘든 상황에 다른 나쁜 일까지 겹쳐 일어나 더욱 삶을 힘들게 한다. 이제 어떻게 해야 될지도 모르겠다. 하늘은 내게 왜 이렇게 힘든 시련을 연달아 주는 것인지, 하늘이 원망스럽다.

필자에게도 이런 순간이 있었다. 하는 일마다 잘 풀리지 않고, 나쁜 일만 연달아 일어나는 순간이…… . 매일매일 어떤 일을 하나 해결하면 다시 하나가 터져 버리고, 하나를 처리하면 다시 하나가 터져 버리는 그런 일상들이…….

필자는 "하늘은 그 사람이 버틸 수 있을 만큼의 시련을 준다."는 말을 믿고 또 믿었다. 그리하여 결국엔 나쁜 일들을 모두 이겨 냈다.

여러분들 중 혹시 지금 나쁜 일들이 계속 일어나 어디서부터 어떻게 해야 할지, 어떻게 문제를 해결해야 할지 고민인 사람이 있는가? 그렇다면 꾹 참고 이겨 내자! 지금 이것만 해결하면 비상구가 나온다. 그리고 그 비상구 바로 앞에는 에스컬레이터가 도착해 있다.

"나쁜 일은 연속으로 일어나듯 좋은 일도 연속으로 일어난다."

필자가 힘들어할 때 지인이 해 주었던 위로였다. 경험해 보니 정말이다. 지금 이순간만 지나면 급행열차를 타듯 빠르게 높은 곳으로 올라갈 수 있다. 그때의 즐거움과 행복함은 지금 견디고 버텨 내야 얻을 수 있는 희열이다.

좀 더 자신을 믿고 강한 의지로 문제를 해결해 나간다면 결국 모든 문제는 해결되고, 언제 그랬냐는 듯 웃으며 다시 하루를 보낼 것이다. 과거를 돌이켜보면 그 당시 죽을 것처럼 힘들었던 일도 지금 모두 해결되어 마치 아무 일 없었다는 듯 현재를 잘 살아가고 있지 않은가? 파이팅!

딱한번만더,
인생은 혼자가 아니다

강인함이란 삶의 폭풍에 용감하게 맞설 수 있다는 것은 삶의 현실을 받아들인다는 뜻이란다. 나쁜 일이 일어나리라는 현실을 거부한다고 해서 그런 일이 일어나지 않도록 할 수 있는 건 결코 아니거든. 강인함이란 삶의 폭풍에 용감하게 맞서고, 실패가 무엇인지 알고, 슬픔과 고통을 느끼고, 비탄의 구렁텅이에 빠져 보고 나서야 얻을 수 있는 것이란다. 강하다는 것은 네가 아무리 지쳐 있더라도 산꼭대기를 향해 한 걸음 더 내딛는 것을 의미한단다. 그것은 비통해하면서 눈물이 흐르도록 내버려둔다는 것을 뜻하고, 사방이 캄캄한 절망으로 둘러싸여 있더라도 계속 해결책을 찾는다는 뜻이지.

– 조셉 M. 마셜, 『KEEP GOING』

빛이 보이지 않는 어두운 길을 갈 때, 우리는 혼자 가는 것이 아니다. 뒤에서 손전등을 비춰 주는 그 누군가가 우리 주위에 있다. 그 사람이 누군지는 본인이 알 수 있다.

청춘 RE PROCESS

너무 힘들어 지쳐 포기하고 싶을 때, 다시 한 번 일어나 도전하자. 그리고 그 도전에 응원해 주는 사람들에게서 용기를 얻어 한 번 더 나아가자. 절망의 끝에서 당신의 끈을 놓지 않고 있는 여러분의 주위 사람들에게 보답하기 위해서라도 한 걸음만 더 나아가 보자.

그 한 걸음으로 인해 모든 문제가 해결될 수도 있으며, 보이지 않던 빛도 희미하게나마 보일지도 모른다. 가끔 지칠 땐 쉬어 가도 좋다. 다시 한 걸음 나아가는 여러분 앞엔 곧 '성공'이라는 결과물이 나타날 것이다. 진정 분명하다.

13장

저자의 마지막 충고

게임은 이제 그만

최근 들어 스마트폰을 누구나 사용하면서 게임시장이 엄청 나게 확대되었다. 하루만 지나도 새로운 핸드폰 게임이 출시되고, TV 광고에서까지 홍보되고 있어 사람들은 클릭해 보기 바쁘다.

이렇게 핸드폰 게임이 인기가 높아진 것은 스마트폰의 대중화와 높은 퀄리티의 핸드폰 게임이 속속 출시되면서, 언제 어디서든 짧은 시간에 간편한 조작으로 게임을 누릴 수 있게 되었기 때문인 것 같다. 핸드폰 게임이 예전 컴퓨터 게임에 비해 그래픽영상이 떨어지지도 않고, 오히려 스토리는 더 좋다.

필자도 아주 가끔씩 핸드폰 게임을 즐긴다. 단판승부 위주로 하는 게임을 즐기는데, 게임을 할 때면 어린아이마냥 시간 가는 줄도 모르고 화면에 몰두해 있다. 이게 게임의 매력이 아닐까 싶다. 이렇게 가끔 스트레스 푸는 정도는 정신 건강에도 도움이 된다고 생각하지만,

요즘 사람들은 해도 해도 너무하다.

출퇴근 시간의 전철을 한번 보라. 반 이상이 핸드폰 게임이다. 사람이 옆에 있어도 마찬가지다. 오랜만에 보는 친구와 반가운 마음에 간단히 커피라도 한 잔 하자며 카페에 가도 사정은 마찬가지다. 여러분도 혹시 이렇게 게임에 몰두해서 실수한 적이 없었나 생각해 보길 바란다. 일상생활이 불가능한 수준의 게임 중독까지는 아니더라도 혹시 내가, 내 친구가 핸드폰 중독에 빠진 것이 아닌지 생각해 볼 필요가 있다. 그리고 핸드폰 게임은 웬만하면 하지 마라. 도움이 안 된다.

이렇게 말하면 관련 직업을 가진 사람들에게 많은 욕을 먹을 수도 있다. 하지만 정말 지금 2030세대의 사람들에게 도움이 될 게 없다. 차라리 그 시간에 책이라도 한 자, 낮잠 10분이라도 자는 게 도움이 된다고 생각한다.

그리고 정말 심심하고 잠시의 스트레스 푸는 것 때문이라면 때와 상황을 가리고, 게임 때문에 본인의 일을 소홀히 하는 일은 없었으면 좋겠다.

멘토를 만들기 어렵다면,
독서를 통해 롤모델을 만들자

멘토: 현명하고 신뢰할 수 있는 상담 상대, 지도자, 스승, 선생의 의미로 쓰이는 말

롤모델: 자기가 마땅히 해야 할 직책이나 임무 따위의 본보기가 되는 대상이나 모범

멘토 만들기란 정말 쉽지 않다. 어떤 사람을 멘토로 해야 하고, 그 멘토는 어디에 가서 찾아야 하며, 만일 찾는다고 해도 내 멘토가 되어 줄까? 이런 걱정일랑 하지 말고, 차라리 롤모델을 정하는 것이 빠르고 더 큰 장점이 있다.

멘토가 되어 주시는 모든 분들은 너무 훌륭하고 존경받을 만하다. 그러나 잘못하면 멘토의 영향이 너무 커져 버린 나머지, 본인도 모르게 본인의 생각과는 다르지만 따라가게 되는 경우도 있다. 하지만 멘

토의 말을 거스를 수는 없다. 왜냐하면 똑똑하시고 맞는 말씀만 해주시기 때문에 내가 생각하는 것이 무조건 틀린 것만 같기 때문이다.

이런 오류를 없앨 수 있는 방법이 있다. 바로 롤모델이다. 필자의 경우 독서를 통해 롤모델을 얻었고, 롤모델은 한 분이 아니다. 여러 존경할 만한 사람이 많고, 또 같은 주제라 할지라도 그분들 모두 생각이 다를 수 있기에 나는 그저 받아들일 뿐이다. 그리고 다시 내가 생각해서 나에게 맞추어 실행하고 생각한다.

독서를 통한 자기 계발은 필자 본인도 경험했기에 강력 추천한다. 대부분의 책들이 거기서 거기인 것 같지만, 책 속에 담긴 '본 의미'를 볼 수 있게 된다면 생각이 달라질 것이다. 이뿐만 아니라 여러분들도 알고 있겠지만 독서는 글 쓰는 능력을 길러 주고, 말하는 스킬을 길러 주는 아주 유용한 방법이다.

여러분은 성공한 사람들이 꾸준히 독서를 한다는 사실을 명심하자. 다행히 여러분은 지금 독서를 하고 있기에 칭찬받을 만하다. 분야는 상관없다. 소설이든 로맨스든 독서하고, 본인이 본받고 싶은 롤모델을 찾자.

말조심하자!
말은 그 사람의 인성을 나타낸다

　말은 그 사람을 파악하는 데 아주 중요한 요소 중 하나다. 필자가 사람들을 파악하는 순서는 이렇다.

　첫째, 인상

　둘째, 옷차림

　셋째, 말투

　대부분 이 세 가지에서 그 사람에 대한 평가가 되고, 또 100%라고 볼 순 없지만 이야기를 나누다 보면 거의 처음의 생각과 일치함을 알 수 있다. 그중 특히 말투는 그 사람을 파악하는 아주 중요한 수단이라고 할 수 있겠다.

　필자는 직업의 특성상 하루에도 수십 명씩 처음 보는 사람들을 만나는데, 그중에는 겉은 좋은 인상의 깔끔하게 차려입은 신사라고 하더라도 자신보다 어리다 싶으면 반말부터 하는 사람도 있고, 공격

210

적인 말투로 대하는 사람도 있다. 이런 사람과는 가급적 오래 시간을 보내지 않는다. 이런 사람들 중에는 대개 자기중심적인 사람이 많고, 조금이라도 본인에게 실수를 하면 못 잡아먹어서 안달이 나 있는 사람들이기 때문이다.

반면 강한 인상에 아무거나 집어 입고 온 것 같은 분들도 있다. 처음엔 나도 그가 어떤 사람일지 모르고, 그 사람이 나에게 어떤 것을 원하는지 집중하여 파악할 수 있도록 경계를 한다. 하지만 이런 분들이 아주 예의 있게 말한다면, 상황은 180도로 달라진다. 나 또한 경계를 해제하고 좀 더 성심성의껏 원하는 것을 들어주려 한다.

그렇다면 사람을 파악하는 가장 중요한 수단인 말투가 왜 세 번째인지 궁금해지지 않는가? 사람을 대할 때 어쩔 수 없이 가장 먼저 얼굴 인상을 보게 되어 있고, 본인도 모르게 차림새를 보게 되어 있으며(여기에서 차림새는 좋은 옷, 나쁜 옷이 아니라 깔끔하게 정돈되게 입었는지를 말한다), 그다음에 사람과 대화를 통해 말투를 파악할 수 있기 때문이다.

그렇다면 어떤 말투가 좋은 말투인가? 어려울 것 없다. 그저 예의 있게 대하면 된다. 아주 어릴 때부터 익히 배워 온 '예의' 말이다. 그 사람이 나보다 어리든 나이가 많든 처음 보는 사람에게는 존대를 하면 되고, 그 사람의 말을 집중해서 귀 기울여 잘 듣고 그 사람이 잘 알아들을 수 있도록 정확한 발음으로 천천히 답변하면 되는 것이다. 이 정도면 쉽지 않은가?

필자는 처음 보는 유치원생 아이에게도 존댓말을 한다. 그 이유는 아이들은 즉각적으로 반응하기 때문에, 어리면 어릴수록 존댓말로 말을 하면 존댓말로 대답을 하고 반말로 말을 하면 반말로 대답하기 때문이다. 그리고 이렇게 어린아이에게도 존댓말로 말을 한다면 습관이 되어, 언제 어떤 상황에서든 말투가 친절하고 예의 바르게 될 수밖에 없다. 물론 내가 아는 아이들에게는 존대를 하지 않는다. 무 조건 매일 존대한다고 오해하지는 마라.

이처럼 말은 그 사람의 인성을 나타내기 때문에 본인이 밖에 나가 혹시라도 다른 사람들에게 예의 없는 말투로 말하지는 않는지 늘 조 심하자. 다시 한 번 말하지만, 말은 그 사람의 인성을 나타낸다.

아르바이트에 목숨 걸지 말라

대학생들이 아르바이트 하는 것이 요즘은 너무나 당연해졌다. 이렇게 공부와 아르바이트를 병행해도 그저 용돈벌이나 할 뿐, 값비싼 등록금을 해결하기란 턱없이 모자라다. 사회는 명문대 대졸자를 원한다. 하지만 그 명문대 대학생들은 대학을 다니기 위해 학자금 대출을 받고 20대 초반의 나이로 사회에 진출도 하지 못한 채 빚더미에 앉아 있다. 이것이 과연 맞는 걸까?

기업들은 말한다. 대학생들은 아직 사회경험이 적어 부족하다고……. 맞는 말이다. 대학생들은 사회 경험이 적다. 그게 당연한 것이다. 사회경험을 쌓고자 취업하려는 것을, 왜 사회경험이 부족하다고 하는 것인가? 앞뒤가 맞지 않다.

현실이 이렇다 보니 대학생들은 조금이라도 등록금에 보태려 아르바이트를 하느라 늘 피곤하다. 그래도 대학을 가게 된 목적은 배움에 있음을 잊지 않았으면 한다. 아르바이트를 하느라 수업에 지각하고 결석하게 된다면 '주객전도'가 되어 버리고 만다는 것을 잊지 말자.

아르바이트를 하지 말라는 것이 아니다. 20살이 넘었으면 적어도 본인 생활비 정도는 벌어서 쓸 수 있어야 한다고 생각한다. 생각해 보면, 필자도 20살에 군대에 가서 전역을 하고 난 뒤 7일 만에 일자리를 얻어 생활비를 벌고, 지금껏 용돈을 받은 기억이 거의 없다. 특별한 날 옷 하나 사 입으라고 주시는 돈을 제외하고는 없었다.

이렇듯 대학생들이 아르바이트를 하는 것은 어쩌면 당연하다고 할 수 있지만, 도를 넘어 본인이 해야 할 것들에 영향을 주면서까지 목숨 걸고 하지는 않았으면 좋겠다.

ACE 아르바이트생 되는 방법

아르바이트에도 에이스가 있다. 저자는 아르바이트를 할 때도 최선을 다해야 한다고 생각한다. 누구나 알고 있는 말이지만, 이 당연한 것을 가끔은 제대로 수행하지 않는 사람들이 있다.

앞에서도 말했지만, 필자는 어디를 가든 예의를 다한다. 이렇게 손님이 예의를 다해도 전화를 받으며 물건을 계산해 주시는 분들도 있고, 대충 아무렇게나 테이블에 음식을 던져 놓고 가는 사람이 있는가 하면, 자기 물건이 아니니 막 던지며 일하는 모습도 보인다.

일정한 금액의 돈을 받고 일을 하면 그 일이 작든 크든 간에 본인이 할 수 있는 최선을 다해야 한다. 아르바이트를 하면서 에이스가 되는 방법은 간단하다. 누구나 알고 있는 것을 그저 실천하기만 하면 된다.

만일 본인이 서비스 관련 직종에 있다면 항상 웃으며 밝게 응대하면 되고, 본인이 제조업에 있다면 내가 쓸 물건이라고 생각하며 조심히 정성스럽게 다루면 된다.

처음엔 차이가 없어 보일지 모르지만, 고용주들은 이러한 당신의 행동을 눈여겨보게 될 것이고, 그게 쌓이면 고용주로서는 너무나 사랑스러운 사람으로 보일 것이다.

아르바이트를 하더라도 그냥 시간 때우다 온다는 사고방식은 하지 말아야 하며, 본격적으로 사회에 나가기 전 예비 연습이라 생각하고 어떤 일이든 가리지 않고 열심히 했으면 한다.

필자는 고등학교 시절부터 부자가 되고 싶었습니다. 하지만 저에게는 남다른 재능이 없었죠. 운동, 음악, 미술, 공부 어떤 것 하나 남들보다 뛰어난 것은 없었습니다. 오히려 평균보다 못했지요. 컴퓨터 게임조차 다른 친구들에 비해 못했으니, 그야말로 잘하는 게 없었습니다.

그러나 다행히도 주변 친구들과는 좋은 관계를 유지했습니다. 친구들과 있는 것이 즐거웠고, 그 덕분에 많은 경험을 하고 추억을 쌓을 수 있었습니다. 그래서 저는 생각했습니다. 분명 친구들보다 잘하는 그 무엇이 있지 않을까 하고. 그렇게 머릿속으로만 항상 생각했습니다.

다행히 저에게도 남들보다 나은 것이 있었죠. 저는 남들보다 조금 더 창의적이고, 노력과 인내를 잘할 수 있었습니다. 부자가 되기 위한 방법을 생각하고 연구하며 그렇게 학창 시절을 보냈습니다. 물론 공부도 나름 열심히 했습니다. 수업할 때 열심히 대답도 하고 칠판 설명과 선생님 말씀을 따라 열심히 필기하는 학생이었습니다. 하지만 늘 중간 이하의 성적이었죠.

그런 저의 노력을 아셨는지, 저희 어머님은 성적에 관해서만큼은 관대하셨습니다. 그리고 이렇게 말씀하셨죠.

"열심히 해도 안 되는 건 어쩔 수 없다. 하지만 성적이 안 나온다고 해서 공부를 게을리 하지는 말라."

그래서 저는 좀 더 자유롭게 공부할 수 있었죠. 하지만 제가 원하는 학과와 대학은 갈 수 없었습니다. 겨우겨우 성적에 맞춰 대학은 들어 갔지만, 원하는 공부를 할 수 없었기에 고민했고, 아무도 몰래 1학년 1학기 중간고사도 보기 전에 학교를 그만두었습니다. 어찌 보면 제 인생에서 가장 큰 변화를 일으킨 사건이었죠.

그러던 어느 날, 어머님이 외식을 하자고 하시더군요. 식당에서 학교를 그만두었다는 걸 들켰을 때의 심정이란……. 어머님은 생각보다 침착하셨고, 단 한마디를 하실 뿐이었습니다.

"너의 행동에 책임을 져라."

그리고 어차피 가야 한다면 바로 군대에 입대하라는 말씀도 덧붙이셨죠. 그날 저는 왠지 어머니에게 배신당한 기분으로 홀로 식당을 나와 왠지 모를 눈물에 소주만 들이켰습니다.

군대에서 정말 많은 일이 있었고, 많은 성장을 이루었습니다. 사회생활을 배우게 된 것이죠. 가장 잘했다고 생각한 것은 군대에 있을 시절, 책을 정말 많이 읽은 것입니다. 고등학교 시절부터 생각한 고민에 대한 해답을 책에서 찾기 위해 분야를 가리지 않고 읽었죠.

그리고 제대 후 일주일 만에 일자리를 찾았고, 열심히 일했습니다. 그러던 중 커피와 인연이 되어 1년간 커피를 전문적으로 배우고 바리스타로서 아르바이트 하며 경험을 쌓았죠.

이후 24살의 나이로 처음으로 나만의 카페를 직접 만들게 되었습니다. 생각보다 자리 선정, 인테리어, 장비 구입 등 할 게 너무 많아 생각한 대로 일이 척척 진행되지는 않았지만, 장사는 생각보다 잘됐습니다. 그야말로 대성공이었지요. 그렇게 제 사업은 시작되었고, 하나하나 준비하고 도전하여 직업을 매년 늘려 갔습니다.

물론 저에게도 실패의 아픔은 있었지요. 그것도 두 번이나 실패가 찾아왔습니다. 짧은 시간에 실패를 많이 맛본 만큼 성공도 컸다고 생각합니다. 첫 실패는 사업에 대한 저의 안일한 태도 때문이었죠. 이미 모두 할 수 있는 거라 무모하게 사업을 확장했던 탓에 1년 뒤 다른 사람에게 헐값에 넘겼고, 결국 그 빚은 고스란히 제가 지게 되었습니다. 그리고 두 번째 실패는 감가삼각비를 생각 못해 투자비 회수가 되지 않았던 겁니다. 한마디로 제 실속을 못 차린 나머지, 앞에서는 버는 것 같지만 뒤로는 밑지고 있던 겁니다.

그 이후로도 저에겐 수많은 경험과 실패 그리고 성공이 반복되었고, 정신 차려 보니 어느새 지금의 제가 되어 있었습니다. 저는 현재 2단계에 있다고 생각합니다. 머리를 쓰고 그것으로 제가 가진 목돈을 불려 나가야 하지요. 다행히 방법은 알 것 같습니다. 저에겐 프랜차이즈 사업과 유통사업 그리고 강사라는 직업이 있으니까요.

유통, 프랜차이즈, 강사, 이 모두는 부자가 될 수 있는 여러 방법

중 빠른 방법들에 속합니다. 강사라는 직업의 매력은 같은 시간으로 거의 무제한으로 사람들에게 영향력을 줄 수 있다는 것입니다. 강의는 동일하게 하지만 한 명이 듣게 될 수도 있으며, 전 국민이 인터넷을 통해 동시에 강의를 들을 수도 있지요.

유통사업과 프랜차이즈 사업은 적은 인원, 적은 비용으로 사업을 할 수 있는 가장 좋은 방법입니다. 이것 또한 제한 없이 사람들에게 영향을 줄 수 있는 일입니다. 이렇게 저는 좋아하고 잘하는 일을 하며, 두 번째 단계에 진입하게 되었습니다.

물론 이렇게 되기까지는 많은 노력과 고난이 따랐습니다. 처음 3년 동안은 명절 당일을 제외하고는 쉬어 본 적이 없습니다. 아침 10시부터 밤 12시에 퇴근하기를 반복했지요. 지금은 조금 나아졌습니다. 아침 6시에 기상해 11시에 퇴근하지만, 중간중간 저만의 시간을 가질 수 있는 시간을 만들었고 주말 하루는 푹 쉬기도 합니다.

여러분들 누구나가 자신이 원하는 삶을 누릴 수 있습니다. 그리고 매일매일 행복할 수 있습니다. 여러분 자신이 선택하는 것이지요. 물론 여러분들이 이 책을 모두 읽고 난 뒤 곧바로 행복과 만족 그리고 '진정한 부자'에 대한 해답을 찾을 수 없을지도 모릅니다. 또한 아직도 불평불만을 늘어놓을지도 모르겠습니다. 하지만 모든 쉽게 이룰 수 있는 것은 없기에, 행복해지기 위한 최선을 다하길 바랍니다.

저는 제가 경험하고 깨닫게 된 것을 여러분 모두와 나누고 싶어 이 글을 쓰게 되었습니다. 그리고 저 혼자만의 행복이 아닌 우리 모두의 행복이 되었으면 좋겠다는 진심을 담았습니다. 그러나 누군가는 이 책에 대해 부정적으로 말하고 싶은 사람도 있을 것입니다. 제 경험을 바탕으로 진심으로 글을 써 내려간 것이기에 하나라도 도움이 되는 것이 있으면 받아들여 주셨으면 합니다. 이 책을 통해 지금 힘든 사람들이 밝은 미래를 생각하며 조금이나마 힘이 되고 용기를 얻었으면 좋겠습니다.

필자의 직업은 '바리스타'입니다. 그리고 '커피'라는 것으로 많은 직업을 병행하고 있습니다. '로스터', '커피 강사', '카페 컨설턴트', '커피 프랜차이즈 가맹사업', '바리스타 선수', '바리스타 심사위원', '원두 유통사업', '카페 사장' 등 커피에 관련된 직업과 '심리치료 상담', '동기부여 강사' 등 고민이 있고 자신이 가야 할 길을 제대로 모르는 사람들에게 도움을 주는 안내자 역할을 하고 있습니다.

많은 사람들이 커피와 심리치료나 동기부여 사이에는 관련이 없어 보인다고 이야기합니다. 사실 필자도 심리치료와 동기부여 강사 활동을 하면서 고민했었습니다. 하지만 필자는 상관없다고 생각합니다. 내가 잘하는 분야의 커피의 일을 하면서, 내가 하고 싶은 심리치료, 동기부여강사 일을 하면서 늘 재미있고 보람됩니다. 어떤 일을 하든 저는 제가 좋아하고 재미있는 일을 하기에 최선을 다할 수 있는 것 같습니다.

여러분 모두 자신이 좋아하는 일을 찾아 직업으로 만들어 보았으면 좋겠습니다. 그리고 어떤 직업이든 그 분야는 세분화되어 있으니, 그 일들을 모두 경험하고 여러 가지 일들을 모두 할 수 있다면 여러분은 그 분야에서 남들과 다른 멀티 ACE가 될 수 있을 것입니다.

노력하는 사람에겐 이길 수 없으며, 즐기는 사람에겐 감히 넘볼 수 없는 무언가가 있습니다. 즐깁시다. 그리고 가족을 소중히 여깁시다. 여러분에게 가장 힘이 되는 건 가족일 테니까요.

　마지막으로 항상 옆에 있는 것만으로 감사하고 든든한 어머니와 누님, 행복한 인생의 동반자가 되어 준 아내, 이제 2살이 된 아들 수현이에게 이 책을 전하고 싶습니다.

　수현이가 나중에 세상을 살아가면서 방향을 잃지 않고 스스로 원하는 방향으로 갈 수 있기를, 그리고 아주 먼 훗날 수현이에게 가르침을 줄 수 없을 때에도 이 책을 보며 스스로 해답을 찾을 수 있기를 바랍니다. 이 책이 남아 있는 한 항상 곁에서 응원하고 지켜 줄 것임을 약속하며, 사랑합니다.

ps. 인생은 꽃이고 사랑은 향기다.
어떤 '꽃'으로 태어났는지 보다는 어떤 모습으로 피어날지가 더 중요하고, 그 인생 속에서 향기를 내뿜을 줄 아는 사람이 사랑을 줄 수도 받을 수도 있다.
모든 청춘 여러분 책을 모두 읽고 궁금한 것이 있거나 고민이 있다면, goldenbrown77@naver.com으로 메일 남기세요. 늦을지도 모르지만 꼭 답장 드리겠습니다. 모든 청춘들이여, 파이팅!